El Candelabro Enterrado

Por

Stefan Zweig

Un espléndido día de junio del año 455, justo cuando, en la hora tercia, en el circo Máximo de Roma había terminado el sangriento combate de dos gigantescos hérulos contra una piara de jabalíes hírcanos, una creciente agitación se apoderó gradualmente de los miles de espectadores. Al principio había llamado la atención sólo de los más cercanos que, en la tribuna separada, ricamente adornada con tapices y estatuas, donde tenía su asiento el emperador Máximo rodeado de sus funcionarios, hubiera entrado un mensajero cubierto de polvo, que, obviamente, acababa de descabalgar del caballo tras una acalorada carrera, y también que, apenas hubo comunicado la noticia al emperador, éste, en contra de los usos y costumbres, se levantara interrumpiendo el enardecido espectáculo; toda la corte lo siguió con prisa igualmente llamativa y pronto se vaciaron también los asientos asignados a los senadores y demás dignatarios. Una salida tan precipitada debía de tener un motivo importante. En vano las estridentes fanfarrias anunciaron otra lucha con fieras y de la reja levantada salió un león de Numidia, de negra melena, que se lanzó, con sordos rugidos, contra las cortas espadas de los gladiadores; la oscura ola de la alarma, rebosante de la pálida espuma de rostros inquisitivos, temerosos y asustados, ya se había encrespado y avanzaba fila tras fila. La gente se levantaba, señalaba con la mano los asientos vacíos de los prohombres, preguntaba, alborotaba, gritaba y silbaba; entonces, de repente, sin que nadie supiera quién había sido el primero, se propagó el confuso rumor de que los vándalos, esos temidos piratas del Mediterráneo, habían desembarcado en Portus con una poderosa flota y estaban avanzando hacia la despreocupada ciudad. ¡Los vándalos! La palabra circuló primero de boca en boca como un tímido cuchicheo; después, bruscamente, se convirtió en un grito atronador: «¡Los bárbaros! ¡Los bárbaros!». Cien, mil voces retumbaron por los graderíos de piedra del circo, y la multitud, presa del pánico, como arrancada de sus asientos por un tempestuoso vendaval, ya se precipitaba hacia la salida, sin orden ni concierto. Los guardias y los centinelas abandonaron sus puestos y huyeron con los demás; la gente saltaba por encima de los asientos, se abría camino con puños y espadas, pisaba a mujeres y niños que proferían alaridos, y en las salidas se formaban embudos de masas humanas que gritaban, se arremolinaban y giraban como peonzas. Al cabo de unos minutos, el espacioso circo, donde pocos minutos antes se estrujaban ochenta mil personas en un oscuro bloque retumbante, quedó completamente barrido. El óvalo escalonado permanecía marmóreo, mudo y vacío bajo el sol de verano. Tan sólo, en la arena, quedaba el olvidado león—los gladiadores habían huido hacía rato junto con los demás—, que, agitando la melena, desafiaba al repentino vacío con sus rugidos.

Eran los vándalos. Un mensajero tras otro llegaba jadeante trayendo noticias a cual más espeluznante. Habían tomado puerto en cientos de veleros y galeras: eran un pueblo ágil y móvil; los jinetes bereberes y númidas con sus capas blancas, montados en corceles de cuello largo, se adelantaban al grueso del ejército cabalgando veloces como el rayo por la carretera de Portus; mañana, o quizá pasado mañana, las hordas de bandidos ya estarían a las puertas y no había nada dispuesto para defenderlas. El ejército de mercenarios combatía en un lugar lejano, cerca de Rávena, y los muros de fortificación no eran más que un montón de ruinas desde que Alarico había arrasado la ciudad. Nadie pensaba en presentar resistencia. Los ricos y nobles aparejaban a toda prisa mulos y carretas para salvaguardar al menos una parte de sus bienes, pero era demasiado tarde. Porque el pueblo no toleraba que, en tiempos de prosperidad, los poderosos lo oprimieran y, en la adversidad, lo abandonaran cobardemente. Y cuando el emperador Máximo quiso huir de palacio con su séquito, le llovieron primero maldiciones y piedras; después, el exaltado populacho cayó sobre el cobarde y mató a su miserable emperador en la calle, a golpes de porra y hacha. Cierto es que más tarde, como todas las noches, cerraron las puertas de la ciudad, pero logrando así que el miedo quedara completamente recluido dentro de sus muros; opresivo como un pútrido vaho de pantano, el presentimiento de algo terrible se cernía sobre las casas enmudecidas y a oscuras y, como un manto sofocante, se abatían las sombras sobre la ciudad perdida, que se consumía en el espanto y el horror; en el firmamento, sin embargo, brillaban tenues y serenas las eternamente indiferentes estrellas, y en la pantalla azul del cielo la luna tendía, como todas las noches, su cuerno de plata. Roma permanecía en vela y con los nervios a flor de piel, esperando a los bárbaros como un condenado que, con la cabeza contra el tajo, se dispone a recibir el golpe inevitable apuntado ya en el aire.

Mientras tanto, los vándalos, siguiendo victoriosos el plan trazado, se acercaban a paso lento y seguro por la vía que llevaba del puerto a Roma. Los guerreros germánicos, de pelo largo y rubio, marchaban en perfecto orden, centuria tras centuria, al paso militar bien aprendido, y delante de ellos, los pueblos tributarios del desierto, los númidas de piel oscura y pelo negro de azabache, corrían dispersos y bulliciosos, montados a pelo en sus hermosos caballos purasangre, a los que hacían dar vertiginosas vueltas y girar en redondo. En medio del convoy cabalgaba Genserico, rey de los vándalos. Con satisfacción indolente, sonreía desde la silla a su pueblo en marcha. El viejo y curtido guerrero sabía desde hacía tiempo por sus espías que no era de temer una seria resistencia, que esta vez no se aprestaban a una batalla campal decisiva, únicamente a un saqueo sin peligro. De hecho, no aparecía ningún guerrero enemigo. Tan sólo salió al encuentro del rey a la Puerta Portuense, por donde la bien pavimentada vía del puerto se adentraba en las manzanas interiores de Roma, el papa León, adornado con todas las insignias y rodeado con gran esplendor por toda la clerecía; el papa León, el mismo anciano de barba blanca que, pocos años antes, había convencido en un gesto tan glorioso al terrible Atila de que respetara Roma, y a cuyo ruego había accedido entonces el pagano huno con incomprensible humildad. También Genserico se apeó enseguida del caballo al divisar al majestuoso hombre de barba blanca y cortésmente se acercó a él cojeando, pues su pierna derecha era más corta que la izquierda. Pero no besó la mano que llevaba el anillo del Pescador ni tampoco hincó devotamente la rodilla, ya que, como hereje arriano, consideraba al papa un simple usurpador del cristianismo; asimismo, acogió con fría arrogancia el discurso en latín con el que el papa le imploraba perdón para la ciudad santa. Que no se preocupara, le contestó a través del intérprete, no había que temer ninguna barbarie de su parte, también él era soldado y cristiano. No incendiaría ni destruiría Roma, a pesar de que esta ciudad había arrasado cientos y cientos de ciudades y no había dejado piedra sobre piedra. En su generosidad, respetaría tanto los bienes de la Iglesia como a las mujeres, y se limitaría al saqueo sine ferro et igne, de acuerdo con el derecho del más fuerte y del vencedor. Pero ahora le instaba —y Genserico lo dijo en tono amenazador, mientras su palafrenero lo ayudaba a montar de nuevo— a que le abriera las puertas de Roma sin más tardanza.

Se hizo tal como Genserico había exigido. No se blandieron lanzas ni se desenvainaron espadas. Una hora más tarde, toda Roma estaba en poder de los vándalos. Pero la victoriosa tropa de piratas no invadió la indefensa ciudad como una horda desenfrenada. En filas cerradas, contenidos por la férrea y autoritaria mano de Genserico, los altos, fuertes y rubios guerreros hicieron su entrada por la Vía Triumphalis, y sólo de vez en cuando lanzaban miradas curiosas a los miles de estatuas de ojos blancos que, con sus labios mudos, parecían prometer un buen botín. Inmediatamente después de la entrada triunfal, Genserico se dirigió al Palatino, la residencia del emperador, ahora abandonada. Pero ni recibió el esperado agasajo de los senadores, que aguardaban en temerosa hilera, ni tampoco ordenó preparar un banquete —apenas echó una ojeada a los presentes con que los ciudadanos ricos confiaban apaciguar su rigor—, sino que el aguerrido soldado, inclinado sobre un mapa, se dispuso sin demora a trazar su plan para expoliar del modo más rápido, y a la vez más escrupuloso, los tesoros de la ciudad. A cada centuria se le asignó un distrito, confiando a cada uno de los suboficiales la responsabilidad disciplinaria de sus soldados. Así pues, la operación que siguió no fue un pillaje desenfrenado y confuso, sino un despojo metódicamente planificado. Ante todo, Genserico ordenó cerrar las puertas de Roma y apostar centinelas para que no se les escapara un solo broche o una sola moneda de la enorme ciudad. Luego, los soldados confiscaron las barcas, los carros y las muías y obligaron a miles de esclavos a prestarles servicio, con el objeto de poder trasladar lo más rápidamente posible a la guarida africana todos los tesoros que albergaba Roma. Sólo entonces se inició el saqueo frío y sistemático, expeditivo a la vez que silencioso. Tranquila y hábilmente, de la misma forma que un carnicero descuartiza al animal muerto, en esos trece días la ciudad fue destripada en vivo y su cuerpo, apenas ya palpitante, despedazado trozo a trozo. Los distintos grupos, capitaneados por nobles vándalos y acompañados por un escribano, iban de casa en casa, de templo en templo, retirando todo lo que tenía valor y se podía transportar: vasijas de oro y plata, broches, monedas, joyas, cadenas de ámbar de países septentrionales, pieles de Transilvania, la malaquita del Ponto y el acero batido de Persia. Obligaban a los obreros a desprender limpiamente los mosaicos de los muros de los templos y a sacar a golpe de martillo las baldosas de pórfido de los peristilos. Todo se hizo meticulosamente, con habilidad y precisión. Con cabrestantes, para no dañarlos, los obreros bajaron los caballos de bronce del arco de triunfo y los esclavos fueron obligados a descubrir, teja tras teja, el techo de oro del templo de Júpiter Capitolino, una vez saqueado el edificio. Por orden de Genserico, las columnas de bronce, demasiado grandes para ser embarcadas en poco tiempo, fueron machacadas a martillazos o cortadas con la sierra, para obtener el metal. Una calle tras otra, una casa tras otra, los vándalos desvalijaron la ciudad y, luego, cuando hubieron vaciado completamente las casas de los vivos, forzaron los tumuli, las moradas de los difuntos. Reventando los sarcófagos de piedra, sacaron los peines engastados con joyas de los cabellos descoloridos de princesas sepultas y los broches de oro de los huesos descarnados; sus manos ávidas robaron a los cadáveres los espejos de metal y los anillos de sello, e incluso el óbolo que se depositaba en las tumbas junto a los muertos como pago al barquero del viaje al otro mundo. El botín íntegro, producto de esos saqueos aislados, fue llevado después, en distintos montones, a un lugar fijado de antemano. Estaba allí la Niké de alas doradas, junto al cofre adornado con piedras preciosas que contenía los huesos de un santo y un dedo que había pertenecido a una noble dama. Lingotes de plata se amontonaban junto a vestidos de púrpura, preciosos objetos de cristal junto a otros de un metal tosco. El escribano anotaba cada pieza en su largo pergamino con envaradas letras nórdicas, para conferir al saqueo la apariencia de cierta legalidad; el propio Genserico en persona se paseaba cojeando con su séquito en medio de aquel bullicio; tocaba las cosas con el bastón, examinaba las joyas, sonriendo y ponderando. Contemplaba satisfecho cómo carretas y barcas, una tras otra, y ya cargadas hasta los topes, abandonaban la ciudad. Pero ni una sola casa ardía; no se había derramado ni una sola gota de sangre. En silencio y a intervalos regulares, como las vagonetas que suben y bajan en una mina, vacías las unas, llenas las otras, así viajaron las caravanas de carretas durante trece días del puerto al mar, y del mar al puerto. Salían llenas y regresaban vacías, con los bueyes y muías jadeantes ya bajo la carga, pues, hasta donde la memoria alcanzaba, nunca se había saqueado tanto en tan corto periodo como en esta rapiña vandálica.

Durante trece días no se oyó voz humana en las mil casas de la ciudad.

Nadie hablaba en voz alta; nadie reía. El son de la lira había enmudecido en los hogares, y en las iglesias no se elevaba ningún cántico. Sólo se percibía el ruido de los martillos con que se arrancaban los objetos de su sitio, los golpes de los sillares al caer, los chirridos de las carretas sobrecargadas y el sordo mugir de los fatigados animales de tiro, sobre los cuales restallaba una y otra vez el látigo de sus torturadores. A veces aullaban los perros, a los que la gente, sumida en el propio temor, se había olvidado de alimentar; otras veces resonaba sombrío, por encima de los muros, un toque de tuba que anunciaba el relevo de la guardia. En las casas, sin embargo, la gente contenía el aliento. Había caído la ciudad que había vencido al mundo, y, cuando de noche el viento recorría las estrechas calles, sonaba como el débil gemido de un moribundo que siente escapársele la última gota de sangre de las venas.

En la decimotercera noche de saqueo, en la orilla izquierda del Tíber, allí donde el amarillento río se recoda perezoso como una serpiente ahíta, los judíos de la comunidad romana se habían reunido en casa de Moisés Abtalión. No era uno de los prohombres, ni tampoco conocedor de las Escrituras, sino tan sólo un viejo artesano endurecido en el trabajo, pero su casa había sido elegida para la reunión porque su taller de la planta baja ofrecía más espacio que los demás cuartos, estrechos y angulosos. Con una perseverancia apática y casi aturdida, habían permanecido así juntos durante esos trece días, con rostros sombríos y fatigados, cubiertos con sus blancas túnicas de luto mientras rezaban en la penumbra de los postigos cerrados, entre rodillos que colgaban, paños blanqueados y grandes cubas. Hasta ahora no habían sufrido todavía ningún daño a manos de los vándalos. Dos o tres veces, destacamentos acompañados por nobles y escribanos habían pasado por la callejuela judía, baja y estrecha, donde la humedad de cuantiosas inundaciones se adhería como una esponja a las baldosas de las casas y se escurría en forma de frías lágrimas por las desconchadas paredes; una mirada de desdén bastaba a los expertos ladrones para comprobar que ningún botín sacarían de aquella miseria. Aquí no resplandecían artesonados de mármol, ni triclinios fulgurantes de oro; estas casas no albergaban estatuas ni jarrones de bronce. De modo que las cuadrillas de saqueadores pasaban indiferentes por delante de ellas, y no había peligro de requisa ni pillaje. Y, sin embargo, los judíos de Roma tenían el corazón apesadumbrado y se congregaban, apretujados, con un temeroso presentimiento, pues todo infortunio en la ciudad y en la tierra donde vivían acababa convirtiéndose siempre, de generación en generación, en infortunio para ellos. En tiempos de prosperidad, los pueblos, olvidados de ellos, no les prestaban atención. Entonces los príncipes se engalanaban, edificaban y ostentaban su grandeza, y el populacho se entregaba a los burdos placeres del juego y la caza. Pero, cada vez que reinaba la penuria, los culpaban a ellos. Qué duro cuando los enemigos vencían, qué duro cuando una ciudad era saqueada, qué duro cuando la peste o las enfermedades azotaban los territorios. Todo el mal del mundo —eso lo sabían— se convertía irremisiblemente en mal para ellos, y también sabían, desde hacía mucho tiempo, que era imposible rebelarse contra ese destino suyo, pues siempre y en todas partes eran pocos, siempre y en todas partes eran débiles y faltos de poder. Su única arma era, pues, la oración.

Así, los judíos rezaron todas las noches hasta muy tarde, durante aquellos oscuros y peligrosos días del saqueo. Pues, ¿qué otra cosa podía hacer el hombre justo en un mundo injusto y cruel, donde la violencia prevalece siempre, sino alejarse del mundo y volverse hacia Dios? Esto venía ocurriendo desde hacía años y más años. Ora llegaban del sur, ora del este y el oeste, pueblos rubios, pueblos oscuros, pueblos extraños, y todos rapaces y, apenas un grupo había vencido, otra calamidad les sobrevenía de nuevo. Por todo el mundo los impíos hacían la guerra y no permitían la paz a los creyentes. De ese modo habían conquistado Yerushalayim, Babilonia y Alejandría, y ahora Roma sufría sus embates.

Donde uno quería descansar, había agitación; donde uno buscaba la paz, había guerra; no podían escapar a su destino. Sólo la oración aportaba refugio, paz y consuelo en este azorado mundo. Porque la oración es prodigiosa: aturde el miedo con grandes promesas, adormece el horror de las almas con salmodias, con el murmullo de sus alas levanta hacia Dios los corazones apesadumbrados; por ello, es bueno rezar en la necesidad, y aún mejor rezar en común, pues todo lo pesado se vuelve ligero cuando se lleva entre muchos, y todo lo bueno se vuelve mejor si se hace en compañía.

Así pues, los judíos de la comunidad de Roma estaban reunidos y rezaban. El piadoso murmullo fluía constante, apenas perceptible, de sus barbas, como ante las ventanas el chapotear del Tíber, que, sosegado y tenaz, estregaba las tablas de los fregaderos y limpiaba las orillas con su suave deambular. Ninguno de los presentes miraba a los demás y, sin embargo, sus viejos y frágiles hombros se mecían rítmicamente al mismo compás, mientras recitaban y cantaban los salmos que habían rezado cientos y miles de veces, y sus padres antes que ellos, y los padres de sus padres. Los labios apenas sabían lo que decían, ni los sentidos sabían qué sentían; esa salmodia temblorosa y lastimera emanaba como de un sueño oscuro y aletargado.

De pronto se sobresaltaron; una sacudida levantó bruscamente las espaldas inclinadas. La aldaba había caído con un fuerte golpe contra la puerta que daba a la calle. Y como siempre en el extranjero ante todo lo repentino —lo llevaban en la sangre—, se asustaron de aquel ruido. Porque, ¿acaso podía anunciar algo bueno que se abriera una puerta de noche? El murmullo se interrumpió en seco, como si lo cortaran con unas tijeras; a través del silencio podía ahora percibirse más claro el cadencioso chapotear del río. Todos aguzaron el oído con la garganta convulsivamente oprimida. Entonces resonó de nuevo la aldaba; un puño impaciente sacudía la puerta de la calle.

—Ya va —dijo como para sí mismo Abtalión, y salió arrastrando los pies.

La vela de cera pegada a la mesa arqueó fugazmente su llama tras la repentina corriente de aire de la puerta abierta; como los corazones de todos aquellos hombres, la llama tembló de repente con fuerza.

Los asustados judíos recobraron el aliento cuando reconocieron al que entraba. Era Hircano ben Hillel, el tesorero de la casa de la moneda imperial, el orgullo de la comunidad, por ser el único judío que tenía acceso al palacio del emperador. Por una gracia especial de la corte, se le permitía vivir al otro lado del Trastevere y también llevar elegantes vestidos de color. Ahora, en cambio, su capa estaba rota y su rostro, manchado.

Todos lo rodearon —al presentir que traía un mensaje—, impacientes por oír su relato y a la vez conmocionados, pues intuían la desgracia en su alteración.

Hircano ben Hillel tomó aire con una inspiración profunda. Les pareció que una palabra se le había atravesado en la garganta, pugnando por salir. Finalmente balbuceó:

—Se acabó. Lo tienen. Lo han encontrado.

—¿Qué han encontrado? ¿A quién? —lanzaron como un grito los demás, jadeando.

—El candelabro, la menorá. Cuando llegaron los bárbaros, la escondí bajo la basura de la cocina. Dejé a propósito los demás objetos sagrados en la cámara del tesoro, la mesa con el pan de la proposición, las trompetas de plata, el báculo de Aarón y los incensarios, pues demasiados criados sabían de nuestros tesoros para que hubiera podido ocultarlos todos. Sólo quería salvar uno de los objetos del templo, el candelabro de Moisés, el candelabro del templo de Salomón, la menorá. Y ya se habían apoderado de todo el tesoro, la cámara estaba abierta y vacía, habían dejado de escudriñar y mi corazón se sentía seguro de que, por lo menos, habíamos salvado éste, que es único, entre nuestros símbolos sagrados. Pero uno de los esclavos, ¡que su alma se seque!, me había estado espiando cuando escondía el candelabro y lo reveló a los bandidos para comprar así su manumisión. Les indicó el lugar y ellos lo desenterraron. Han robado todo lo que antes estaba en el sancta sanctorum, en el templo de Salomón: la mesa, los vasos, las filacterias del sacerdote y la menorá. Hoy, esta misma noche, los vándalos carretearon el candelabro hasta los barcos.

Por un momento, los reunidos guardaron silencio. Luego, de las bocas empalidecidas salieron gritos confusos:

—¡Ay, otra vez!... ¡La menorá!... ¡El candelabro de Dios!... ¡Ay! ¡El candelabro de la mesa del Señor!... ¡La menorá!

Los judíos se tambaleaban y tropezaban entre sí como ebrios, se golpeaban el pecho con los puños, se ceñían las caderas lamentándose como si los abrasara el dolor; como si de repente se hubieran quedado ciegos, se revolvían los prudentes ancianos.

—¡Silencio! —ordenó de pronto una voz potente, y todos callaron en el acto. Pues era el jefe de la comunidad, el más anciano, el más sabio, quien les imponía silencio, el gran intérprete de las Escrituras, el rabino Eleazar, al que llamaban Kav ve Naki, el Puro y Claro. Tenía casi ochenta años, y su barba blanca como la nieve le cubría espesa el rostro. Su frente estaba surcada por el doloroso arado del pensar inexorable, pero los ojos, bajo la selva de las cejas, habían permanecido afables y claros como las estrellas. Levantó la mano, delgada, amarillenta y arrugada como los numerosos pergaminos que había explicado, y con ella cortó horizontalmente el aire, como queriendo ahuyentar el ruido cual si fuera un humo molesto y crear un espacio limpio para un diálogo cabal.

—¡Silencio! —repitió—. En el espanto, los niños gritan, pero los hombres reflexionan. Sentaos y deliberemos. El espíritu está más dispuesto cuando el cuerpo descansa.

Avergonzados, los hombres tomaron asiento en bancos y taburetes. El rabino Eleazar cuchicheó para sus adentros, como si discutiera consigo mismo:

—Es una desgracia, una gran desgracia. Hace tiempo ya que nos robaron los objetos sagrados, y a ninguno de nosotros se nos ha permitido verlos en la cámara del emperador, excepto a uno, Hircano ben Hillel. Sin embargo, sabíamos que desde los tiempos de Tito estaban a salvo, que estaban ahí, cerca de nosotros. Los romanos, un pueblo extraño para nosotros, nos parecían más amistosos puesto que los objetos sagrados, que han peregrinado durante mil años, que habían estado en Yerushalayim y en Babilonia, y siempre habían regresado, ahora reposaban, aunque hubieran sido robados, en la misma ciudad donde estábamos nosotros. No podíamos poner pan en la sagrada mesa y, sin embargo, cada vez que partíamos el pan pensábamos en esta mesa. No podíamos colocar velas en el candelabro sagrado y, sin embargo, cada vez que encendíamos una, nos acordábamos de la menorá, huérfana de luz en casa extraña. Los objetos sagrados ya no nos pertenecían, pero sabíamos que estaban en lugar seguro, fuera de peligro. Y ahora empezará de nuevo el peregrinaje del candelabro, y no para regresar al hogar, como creíamos, sino que lo llevarán lejos, quién sabe dónde. Pero no nos lamentemos. Las lamentaciones solas no aportan remedio. Examinemos la situación a fondo.

Los hombres escuchaban en silencio, con las frentes inclinadas. Los dedos del anciano subían y bajaban por su barba sin cesar. Como si aún deliberase sólo consigo mismo, dijo:

—El candelabro es de oro puro, y a menudo me he preguntado por qué Dios ha querido que nuestra ofrenda fuera tan valiosa, por qué exigió a Moisés que el candelabro fuera tan pesado y con adornos repujados de coronas y flores. A menudo he pensado si esto no lo ha puesto en peligro, pues el mal siempre nace de la riqueza y lo valioso tienta a los ladrones. Pero, una vez más, reconozco cuán vanos son nuestros pensamientos y que la voluntad de Dios tiene un sentido que excede nuestro saber y nuestra comprensión. Pues ahora comprendo que, precisamente por ser valiosos, nuestros objetos sagrados se han preservado a través de los tiempos. Si hubieran sido de metal vulgar y sin adornos, los ladrones los habrían destruido sin darles importancia y los habrían fundido para convertirlos en armas o en cadenas. Así, pues, los conservaron al ver su valor, sin presumir su carácter sagrado. Y, de este modo, un ladrón se los quita a otro y ninguno se atreve a destruirlos, y cada uno de sus peregrinajes lo devuelve a Dios.

»Ahora, reflexionemos. ¿Qué saben los bárbaros de lo sagrado? Sólo ven que nuestro candelabro es de oro. Si se pudiera incitar su codicia y darles el doble, el triple, de su peso en oro, quizá lograríamos comprárselo. Los judíos no podemos luchar; nuestra fuerza está en el sacrificio. Debemos mandar mensajes a nuestros hermanos dispersos por el mundo para que nos ayuden a rescatar el sagrado candelabro. Este año tenemos que dar el doble y el triple como donativo al templo, despojarnos del vestido del cuerpo, del anillo del dedo. Debemos comprar el objeto sagrado, aunque sea por el séptuplo de su peso en oro.

Un suspiro lo interrumpió. Hircano ben Hillel levantó tristemente la mirada.

—Es inútil. Yo ya lo he intentado —dijo con calma—. Fue también mi primera idea. Fui a ver a los tasadores y escribanos, pero se comportaron de modo rudo y grosero. Llegué hasta Genserico y le ofrecí un alto rescate. Él me escuchó con hosco semblante y frotando el suelo con el pie. Entonces perdí el juicio y me vanaglorié de que el candelabro hubiese estado en el templo de Salomón y de que Tito lo hubiera traído en secreto de Yerushalayim, como el trofeo que representaba con más esplendidez su triunfo. Entonces el bárbaro comprendió lo que había ganado y rio con desfachatez: «Yo no necesito vuestro oro. He arramblado tanto aquí, que puedo pavimentar los establos de mis caballos y clavar piedras preciosas en sus cascos. Pero, si este candelabro es realmente el de Salomón, entonces no está en venta. Si Tito lo trajo a Roma en triunfo, yo lo llevaré en señal de mi triunfo sobre Roma. Si ha servido a vuestro Dios, ahora servirá al Dios verdadero. ¡Vete!». Y con estas palabras me despidió.

—No debías haberte ido.

—¿Acaso lo hice? Me eché a sus pies y le abracé las rodillas. Pero su corazón es más duro que las varillas de hierro de sus zapatos. Me apartó de un empujón como una piedra. Por último, sus criados me echaron a golpes. Es un milagro que aún esté con vida.

Los judíos comprendieron entonces por qué las ropas de Hircano ben Hillel estaban desgarradas y al fin repararon en la sangre coagulada en su sien. Permanecían sentados y tan quietos que pudieron oír cómo los lejanos chirridos de los carruajes no cesaban de hender la noche, y ahora también las trompetas de los vándalos, cuyos roncos sonidos se repetían de un extremo a otro de la ciudad. Después, el ruido cesó. Todos pensaron lo mismo: el gran saqueo había terminado, el candelabro estaba inexorablemente perdido.

El rabino Eleazar levantó con gran esfuerzo la mirada.

—¿Dices que se lo llevan esta noche?

—Esta noche. Lo transportan en un carro por la Vía Portuense hasta el puerto y quizá, mientras estamos hablando, ya ha salido de la ciudad. Estas trompetas convocan a la retaguardia. Mañana al amanecer lo cargarán en el barco.

El rabino Eleazar inclinaba cada vez más la cabeza sobre la mesa como si se durmiera escuchando. Parecía ausente y no se percataba de que los demás lo miraban inquietos. Luego, de pronto, levantó la frente y dijo con calma:

—Esta noche, dices. Bien. Entonces iremos también nosotros.

Los demás se asombraron. Pero el anciano repitió con voz queda y firme:

—Debemos ir. Es nuestro deber. Acordaos de las Escrituras y sus mandamientos. Cuando el Arca peregrinaba, nos poníamos en marcha. Sólo cuando descansaba, nos era permitido descansar. Cuando los símbolos de Dios viajan, debemos ir con ellos.

—Pero ¿cómo cruzaremos el mar? No tenemos barcos.

—Pues lo seguiremos hasta el puerto. Es una noche de camino.

Entonces se levantó Hircano:

—Como siempre, los consejos del rabino Eleazar son acertados. Debemos ir. Forma parte de nuestro camino eterno. Cuando el Arca viaja y el candelabro también, el pueblo, toda la comunidad, debe viajar con ellos.

—Pero ¿y si nos capturan? Ya han arrastrado a cientos a la esclavitud. ¡Nos golpearán, nos matarán! Venderán a nuestros hijos, y nada se habrá conseguido, nada se habrá hecho.

—¡Calla! —replicó uno—. Y trágate el miedo. Si cogen a uno de nosotros, preso estará. Si uno muere, habrá muerto por lo sagrado. Todos debemos ir, y todos iremos.

—¡Sí, todos, todos! —gritaron al unísono con gran algarabía.

Pero Eleazar, el rabino, impuso silencio con un gesto. Una vez más, cerró los ojos; era su costumbre cuando quería meditar. Luego decidió:

—Simje tiene razón. No lo tachéis de débil y cobarde. Tiene razón, no todos pueden arriesgar su vida y exponerse insensatamente de noche a caer en manos de los bandidos. Porque no hay nada más sagrado que la vida; Dios no quiere que se malogre una sola inútilmente. Tiene razón Simje: cogerían a los chicos y los convertirían en esclavos en su ciudad. Por lo tanto, los hombres robustos y los niños no deben salir con los demás de noche. Nuestro caso es distinto: somos viejos, y un viejo no le es útil a nadie, y menos a sí mismo. No podemos remar en las galeras, nosotros, que apenas tendríamos fuerzas para cavar nuestra propia tumba, e incluso la muerte, si nos sobreviene, no gana mucho con nuestros cuerpos. A nosotros nos corresponde acompañar al candelabro. Que se reúnan, pues, y se preparen para el camino sólo aquellos que pasen de los setenta.

Se apartaron del grupo los ancianos, todos ellos de barba plateada. Eran diez y, cuando el rabino Eleazar, el Puro y Claro, se les unió, fueron once: los más jóvenes pensaron en los primeros patriarcas, al ver ahí delante a los últimos hombres de un tiempo ya pasado, graves y majestuosos. El rabino se separó nuevamente de ellos y volvió con los otros:

—Iremos nosotros, los viejos, los ancianos. Los demás no os preocupéis por nuestra suerte. Sin embargo, debe acompañarnos un niño, para que sirva de testigo a la siguiente generación y a la que la seguirá. Nosotros pronto moriremos, nuestra luz está medio consumida y dentro de poco nuestra boca enmudecerá. Pero, que quede uno por años y años, uno que haya visto con sus propios ojos el candelabro de la mesa del Señor; así pervivirá de generación en generación la certeza de que nuestro símbolo más sagrado no se ha perdido para siempre, sino que tan sólo sigue peregrinando en su eterno camino. Un niño, un menor de edad, aunque no pueda comprender el sentido de todo ello, debe acompañarnos para dar testimonio.

Todos callaron. Cada uno pensaba lleno de angustia en su propio hijo, expuesto a la noche y al peligro. Pero ya se había levantado Abtalión, el tintorero.

—Voy a buscar a Benjamín, mi nieto. Acaba de cumplir siete años, tantos como brazos tiene el candelabro, y esto me parece una señal. Entre tanto preparaos para el camino y tomad como provisiones todo cuanto encontréis en mi casa. Voy a buscar al niño.

Los ancianos se sentaron alrededor de la mesa y los más jóvenes les sirvieron vino y comida. Pero, antes de partir el pan, el rabino inició la oración que los antepasados han venido recitando desde siempre tres veces al día. Y tres veces repitieron el nostálgico versículo los ancianos con su voz tenue y quebrada: «Dios clemente, te pedimos que en tu misericordia devuelvas a Sión su magnificencia y el culto del sacrificio a Yerushalayim».

Tras recitar tres veces la oración, los ancianos se prepararon para el viaje. Con calma y serenidad, como si cumplieran una función sagrada, se quitaron las túnicas de luto y formaron con ellas sendos hatillos, junto con el manto de la oración y las filacterias. Mientras tanto, los más jóvenes fueron a buscar pan y fruta para el camino y recios bordones. Luego, cada uno de los ancianos escribió en pergamino cómo debía disponerse de sus bienes en caso de que no regresara. Los demás dieron testimonio.

Entre tanto Abtalión, el tintorero, había subido la escalera de madera. Primero se había quitado los zapatos, pero, al ser un hombre grueso y corpulento, la madera podrida crujió bajo sus pasos. Empujó cuidadosamente la puerta de la estancia donde dormían todos amontonados —a causa de su pobreza—: su mujer y la mujer de su hijo y las hijas y los nietos. Por la rendija del tragaluz cerrado, titilaba débilmente el claro de luna, húmedo y azul como la niebla, y aunque Abtalión caminaba con todo cuidado de puntillas, advirtió que, desde las camas, lo miraban ojos abiertos y asustados y que su mujer y la mujer de su hijo lo observaban fijamente.

—¿Qué pasa? —susurró una voz atemorizada.

Abtalión no esperó, sino que siguió avanzando a tientas hasta el rincón izquierdo, donde sabía que se encontraba la yacija de Benjamín, el nieto. Se inclinó afectuosamente sobre el bajo jergón de paja. El niño dormía profundamente, con los puños cerrados como con furia sobre el pecho: su sueño debía de ser impetuoso y apasionado. Abtalión le acarició suavemente el pelo enmarañado para despertarlo. El niño no se despertó enseguida, pero sus sentidos debieron de percibir un eco de las caricias a través del negro velo del sueño, pues los puños se aflojaron, los labios tensos se abrieron, y él mismo sonrió maquinalmente y extendió con molicie y placer el brazo. Abtalión sintió lástima de sacar al candoroso niño de tan dulces sueños. Sin embargo, lo tomó en brazos y lo zarandeó con fuerza. El chico se despertó sobresaltado y miró a su alrededor con ojos atónitos. Aun siendo un niño, de siete años recién cumplidos, era judío, vivía en un país extranjero y, por ello, estaba acostumbrado a los sobresaltos cuando algo inesperado ocurría. Asimismo su padre se asustaba cuando la aldaba golpeaba la puerta, y todos los demás, los sabios y los ancianos, cuando se proclamaba un nuevo edicto en la calle, cuando un emperador moría y le sucedía uno nuevo, pues cualquier novedad era perjudicial y peligrosa para las calles de los judíos del Trastevere, donde transcurría su pequeña existencia. El niño no había aprendido todavía las Escrituras, pero una cosa sabía ya: tener miedo a todo el mundo en la tierra.

El pequeño alzó su mirada confusa y Abtalión se apresuró a taparle la boca para que no gritara asustado. Pero, apenas reconoció al abuelo, se tranquilizó. Abtalión se inclinó hacia él y le susurró con los labios pegados a su oído:

—Toma el vestido y los zapatos y ven. Pero sin hacer ruido, que nadie te oiga.

El niño se levantó enseguida. Percibía el hálito de un misterio y se sentía orgulloso de que el abuelo le hiciera partícipe de él. Sin preguntar con palabras ni con la mirada, buscó a tientas el vestido y los zapatos.

Ya se dirigían de puntillas hacia la puerta, cuando la madre levantó la cabeza de la almohada y gimió entre angustiados sollozos:

—¿Adónde te llevas al niño?

—Silencio —contestó Abtalión con brusquedad—. Las mujeres no debéis preguntar.

Cerró la puerta. Las mujeres de la habitación debían de estar despiertas todas en ese momento. Detrás de la delgada puerta de madera se oían confusamente palabras y sollozos, y cuando los once ancianos, y entre ellos el niño, salieron a la calle para ponerse en camino, la calle entera ya conocía la singular noticia, como si se hubiera filtrado por las paredes: de cada casa salían lamentos y gemidos de ansiedad. Pero los ancianos no levantaron los ojos ni miraron a su alrededor. En silencio y con grave decisión, emprendieron la marcha. Era cerca de medianoche.

Para su asombro, la puerta de la ciudad estaba abierta y sin vigilancia. Nadie les preguntó nada ni les impidió el paso en aquellas horas nocturnas. Aquella llamada de trompetas que habían oído sirvió para congregar a los últimos centinelas vándalos, y los romanos, a su vez, se habían encerrado temerosos en sus casas, sin atreverse a creer que sus tribulaciones hubieran dado fin. Así, la vía que conducía al puerto estaba completamente vacía, ningún carruaje, ningún vehículo, nadie, ni una sombra: sólo las piedras miliares, blancas a la luz vaporosa de la luna. Los peregrinos nocturnos atravesaron la puerta abierta sin impedimento alguno.

—Llegamos demasiado tarde —sentenció Hircano ben Hillel—. Los carros con el botín deben de llevarnos mucha ventaja, quizá ya se habían puesto en marcha antes de que sonaran las trompetas. Tenemos que apresurarnos.

Todos aceleraron el paso. En la primera fila iban Abtalión, con el fuerte bordón en la mano, a su derecha, el rabino Eleazar y, entre el anciano de setenta años y el de ochenta, caminaba a trote corto, con pasitos rápidos, el niño de siete años, encogido y todavía un poco soñoliento. Detrás de ellos iban, de tres en tres, los demás ancianos, el hatillo en la mano izquierda y el bordón en la derecha; caminaban con la cabeza gacha, como siguiendo a un féretro. A su alrededor, la noche de la campiña romana exhalaba vapores bochornosos; ni un soplo de aire refrescante levantaba el vaho palúdico que flotaba espeso y pegajoso sobre los campos y sabía a tierra podrida, y desde el cielo sofocantemente cercano parpadeaba una luna mórbida y verdosa. Resultaba poco apetecible y fantasmagórico caminar en una noche tan agobiante rumbo a lo incierto, pasando al lado de túmulos de forma circular, situados a lo largo del camino, inmóviles como animales muertos, y al lado de casas saqueadas, cuyas ventanas como ojos desencajados miraban fijamente igual que ciegos el milagro de los ancianos viajeros. Pero hasta aquel momento no había señales de peligro, la carretera dormía vacía y blanquecina como sumida en la niebla de un río helado. Ya no se veía ni rastro de los saqueadores, sólo una vez una casa romana de verano incendiada, a la izquierda del camino, recordaba su paso devastador. Ya se había hundido el techo, pero por dentro los rescoldos teñían de rojo el humo que ascendía en espiral, y los once ancianos, al mirar hacia allí, tuvieron el mismo pensamiento: era como si hubieran visto la columna de humo y fuego que acompañaba el Tabernáculo cuando sus padres y los padres de sus padres marchaban detrás del Arca, igual que ahora ellos marchaban en pos del objeto venerado.

El niño, entre los dos ancianos, su abuelo Abtalión y el rabino Eleazar, jadeaba esforzándose en alargar sus pasos para no quedar rezagado. Caminaba en silencio, porque los demás callaban, pero un miedo inmenso le oprimía el pecho y su corazón de niño latía a cada paso con fuerza contra las costillas, pues no sabía por qué aquellos hombres lo habían sacado de la cama en plena noche; miedo, porque no sabía adonde lo llevaban y miedo, sobre todo, porque nunca había visto la noche al raso ni el cielo infinito sobre ella. Conocía la noche sólo desde su calle judía, donde era pequeña y estrecha, un palmo de negrura, y apenas tres o cuatro estrellas penetraban a través de las estrechas rendijas entre los tejados. Allí no había por qué tener miedo de la noche, pues estaba llena de sonidos familiares. Llegaban hasta el sueño las oraciones de los hombres, la tos de los enfermos, el arrastrar de los pies, los maullidos de los gatos, los murmullos del hogar; a la derecha dormía la madre, a la izquierda la hermana, él estaba protegido, rodeado de calor y aliento, no estaba solo. Afuera, en cambio, la noche amenazaba como un vacío insondable; más pequeño que nunca se sentía el niño bajo aquella cúpula que lo cubría como un velo abovedado. Si no hubiera estado en compañía de los hombres que lo protegían, habría llorado o habría intentado esconderse en alguna parte de aquel gigante que lo asediaba por todas partes con su agobiante silencio. Pero, por fortuna, en su pequeño corazón aún había espacio, junto al miedo, para un ardiente y palpitante orgullo, pues orgullo sentía el niño de que los ancianos —en cuya presencia ni siquiera la madre osaba hablar y ante los cuales temblaban los más jóvenes—, de que esos hombres grandes y sabios lo hubieran escogido precisamente a él, el más pequeño, de entre los demás. No sabía por qué ni para qué lo llevaban con ellos, pero, a pesar de ser todavía su mente tan infantil, una corazonada le decía que algo grandioso debía haber en aquella marcha nocturna. Por ello, deseando con todas sus fuerzas mostrarse digno de su elección, forzaba sus delgadas y cortas piernas a dar pasos cada vez más largos y dominaba con valentía su corazón cuando éste latía demasiado fuerte en la garganta. Hacía rato ya que el niño estaba cansado, y el miedo le sobrevenía cada vez que los propios pasos se alargaban de pronto en el camino a la luz vaporosa de la luna y no se oía nada más que las propias pisadas sobre las piedras aplastadas y retumbantes del camino. Y cuando, de improviso, algo pasó volando con un silbido cerca de su frente, un murciélago, que se alejó en la noche sacudiendo con movimientos espasmódicos sus alas negras y dentadas, el niño pegó un grito y se agarró como en un espasmo de la mano del abuelo:

—¡Abuelo, abuelo! ¿Adónde vamos?

El anciano no volvió la cabeza. Se limitó a refunfuñar con aspereza y enfado:

—¡Calla y camina! No preguntes.

El niño agachó la cabeza como tras recibir un golpe. Se avergonzaba de no haber podido contener su miedo. «No debí haber preguntado», se mortificó.

Pero el rabino Eleazar, el Puro y Claro, levantó severo la cabeza hacia Abtalión por encima del niño, que lloraba:

—Necio, ¿por qué no debería preguntarnos el niño? ¿Cómo no ha de extrañarse de que lo arranquemos de la cama y lo llevemos a una noche desconocida? ¿Y por qué el niño no ha de conocer la causa de nuestra salida y peregrinaje? ¿Acaso no comparte, por herencia de sangre, nuestro destino? ¿No ha de soportar nuestra calamidad sin fin durante más tiempo que nosotros mismos? Nuestros ojos se habrán apagado, pero él seguirá vivo, testigo para otra generación, el último que habrá visto en Roma el candelabro de la mesa del Señor. ¿Por qué quieres tenerlo en la ignorancia, a él, del que queremos que se convierta en sabedor y mensajero de esta noche?

Avergonzado, Abtalión callaba. Pero el rabino Eleazar se inclinó afectuosamente sobre el niño y le acarició los cabellos con ánimo de alentarlo.

—Pregunta, hijo. Pregunta con valentía todo cuanto desees. Yo te responderé. Peor es para los hombres no saber que preguntar. Sólo aquel que ha preguntado mucho puede comprender mucho. Y sólo aquel que mucho comprende hace justicia.

El corazón del niño se estremeció de orgullo porque le hablara con tanta gravedad el sabio al que todos los demás veneraban. De buen grado hubiera besado las manos del rabino, pero su temor era demasiado grande, el cálido labio le temblaba vacío y mudo. El rabino Eleazar, sin embargo, que a lo largo de su vida había estudiado muchos libros, también en la oscuridad del silencio sabía leer las líneas de los corazones. Se daba cuenta de que el niño temblaba de impaciencia por saber adónde iban y qué sería de él. Atrajo suavemente hacia sí la mano del niño, que, como una mariposa, descansó temblorosa y ligera en la fría palma del anciano.

—Te diré adónde vamos y nada se te ocultará. Porque no es injusto lo que hacemos y, aunque ante los demás guardemos en secreto el camino que hoy hemos emprendido, sin embargo Dios lo contempla desde lo alto y conoce nuestros pensamientos. Sabe lo que empezamos y sólo Él sabe cómo terminará.

Mientras el rabino Eleazar hablaba al muchacho, no detuvo el paso, ni tampoco los demás. Sólo se les acercaron un poco más para escuchar lo que el sabio contaba al niño, aún no instruido.

—Es un viejo camino el que andamos, hijo, nuestros padres y antepasados ya lo anduvieron, pues durante muchos años fuimos un pueblo nómada y lo hemos vuelto a ser e incluso quizá, quién lo sabe, es nuestro destino que lo seamos por toda la eternidad. No nos pertenece la tierra sobre la que dormimos; al contrario que otros pueblos, nuestras semillas y frutas no crecen en campo propio. Pasamos por los países sólo como itinerantes y nuestras tumbas están cavadas en tierra extraña. Pero, por esparcidos que estemos, arrojados entre los surcos como mala hierba desde la mañana hasta la medianoche de esta Tierra, sin embargo hemos continuado siendo un pueblo, un solo y solitario pueblo entre los pueblos, gracias a nuestro Dios y a nuestra fe en Él. Nos une algo invisible, que nos sostiene y mantiene juntos, y eso invisible es nuestro Dios. Sé que es difícil para ti comprenderlo, pues sólo lo visible se puede abarcar con los sentidos, sólo lo corporal se puede coger y tocar, como la tierra, la madera, la piedra o el mineral. Y por eso los demás pueblos han creado su dios de cosas visibles, de madera, piedra y metal labrado. Pero nosotros, un solo y único pueblo, dependemos de lo invisible y buscamos un sentido más allá de nuestros sentidos. Todas nuestras penalidades nacen del apremio de no aferramos a lo comprensible, sino que siempre hemos sido y siempre seremos buscadores de lo invisible. Pero es más fuerte quien se apega a lo invisible que quien se aferra a lo palpable, pues esto es efímero y aquello, permanente. Y a la larga es más tenaz el espíritu que la fuerza. Por esta razón, hijo, y sólo por ella, hemos sobrevivido al tiempo. Y porque nos hemos entregado a lo intemporal y hemos mantenido fidelidad a Dios, el Invisible. Él también nos la ha mantenido... Sé que te será difícil, al ser todavía un niño, comprender todo esto, pues nosotros mismos a menudo, en nuestro desamparo, no comprendemos que Dios y la justicia en que creemos no se hagan visibles en este mundo nuestro. Pero, aunque ahora no me comprendas, no pierdas la serenidad y sigue escuchando, hijo mío.

—Escucho —dijo el niño, suspirando con timidez y arrobamiento.

—Con esta fe en lo invisible anduvieron por el mundo nuestros padres y abuelos, y para probarse a sí mismos que sólo ellos creían en este Dios invisible que nunca se revela y al que ninguna imagen puede jamás representar, nuestros antepasados crearon un símbolo. Pues nuestra mente es limitada y no puede abarcar lo infinito: sólo una sombra de la divinidad desciende de vez en cuando hasta nuestras vidas y sólo una pequeña luz se desprende de ella para posarse sobre nuestros días terrenales. Pero, para que nuestro corazón no se aleje de su deber de servir a lo invisible, que es la justicia, la permanencia y la gracia, nos procuramos objetos de culto que requieren una vigilancia constante: un candelabro llamado menorá en el que ardían eternamente las velas, un altar en que se exponían los panes siempre renovados. Pero estos objetos, que llamamos sagrados, tenlo muy presente, no eran imágenes del Ser divino como las que se fabricaban sacrílegamente otros pueblos, sino sólo testigos de nuestra fe siempre vigilante y, dondequiera que fuéramos del mundo, ellos nos acompañaban. Encerrados en un arca, los guardábamos en una tienda, y nuestros padres, errantes sin patria como nosotros, llevaban esta tienda a hombros. Cuando la tienda con los objetos sagrados hacía un alto, nosotros podíamos descansar; cuando se ponía en movimiento, lo hacíamos también nosotros. En reposo y en marcha, de día y de noche, a lo largo de miles y miles de años, el pueblo judío se ha reunido siempre alrededor de este tabernáculo, y, mientras conservemos el sentido de lo sagrado, seguiremos siendo un pueblo en cualquier país extraño.

»Pero ahora escucha. Los objetos sagrados que había en aquella arca eran el altar en el que depositábamos los panes, los frutos de las entrañas de la tierra con que nos alimentábamos, las vasijas que desprendían el humo del incienso y las Tablas de la Ley a través de las cuales Dios nos había hablado. Pero el más visible de estos objetos era un candelabro, cuya luz iluminaba eternamente el altar en el sancta sanctorum. Porque Dios ama la luz que encendió, y nuestra gratitud por la luz que Él dio a nuestros ojos y a nuestros sentidos creó este candelabro. Era de oro puro, artísticamente trabajado, y de su ancho tallo arrancaban siete copas, adornadas con coronas de flores repujadas. Cuando se encendían las siete velas en los siete brazos, la luz ardía en siete flores y, al verla, santificábamos nuestro corazón. Cada vez que se enciende, los sábados, nuestra alma se convierte en templo de devoción. Por eso, ningún otro objeto en la Tierra nos es tan querido como símbolo como la forma de este candelabro, y allí donde un judío siga creyendo en lo sagrado, en cada casa, en los cuatro puntos cardinales, una reproducción de la menorá continúa elevando sus siete brazos invitando a la oración.

—¿Por qué siete? —preguntó temeroso el niño.

—Pregunta, hijo, pregunta. De sabios es preguntar. El siete es un número especial y grande entre los números, pues Dios creó el mundo y al hombre en siete días, y no hay milagro mayor que el que estemos en este mundo, sintamos y amemos, y reconozcamos al Creador. Gracias a la luz, Dios enseñó a los sentidos a sentir y al alma a saber: por eso, el candelabro ensalza con sus siete brazos la luz, la exterior y la interior. Porque Dios también nos concedió una luz interior con las Escrituras, y como allí sabemos mirando, aquí sabemos reconociendo. Lo que son las llamas para los sentidos, lo son las Escrituras para el alma, en las que todo está escrito, las obras de Dios y las de los padres, la medida de toda conducta, lo permitido y lo prohibido, el Espíritu creador y la ley configuradora. Dos veces percibimos el mundo por la gracia de Dios mediante la luz: una, desde fuera, a través de los sentidos; otra, a través del alma, e incluso podemos abarcar Su propio ser gracias a Su iluminación. ¿Me comprendes, hijo?

—No —dijo el niño con voz apagada.

—Entonces, ten presente sólo esto, lo demás ya lo comprenderás más tarde; ten presente lo que te digo: los símbolos más sagrados que teníamos en nuestro peregrinaje y los únicos que nos habían quedado de los días de nuestro comienzo eran las Escrituras y el candelabro, la torá y la menorá.

—La torá y la menorá —repitió respetuoso el niño, apretando con fuerza los puños para retener mejor las palabras.

—Y ahora sigue escuchando. Llegó un tiempo, lejano ya, en que nos cansamos de caminar puesto que el hombre anhela la tierra como la tierra al hombre. Y, después de años y años en el extranjero, llegamos a la tierra que Moisés nos había prometido y nos la apropiamos por derecho. Sembramos y aramos, cultivamos la vid y criamos ganado, trabajamos campos fértiles y los rodeamos de vallas y setos, felices al haber dejado de ser eternamente tolerados y expulsados por otros pueblos y huéspedes eternos en países extranjeros. Y ya creíamos que había terminado para siempre nuestro peregrinar, ya nos aventurábamos a pronunciar la temeraria palabra de que aquélla era nuestra herencia, como si la tierra perteneciera jamás al hombre, a quien todo se le ha dado de prestado. Pero el hombre siempre olvida que tener no significa retener y poseer no significa conservar: donde siente la tierra bajo sus pies, allí construye su casa y quiere asirse al terruño con las raíces de los árboles. Y, así, también nosotros levantamos casas y ciudades por primera vez y, como cada uno de nosotros tenía un hogar, cómo no íbamos a sentirnos impulsados a darle un hogar entre nosotros a Él, nuestro Dios y protector, una casa, alta y majestuosa por encima de todas las casas, una casa de Dios. Y entonces, en aquellos benditos años de descanso, surgió en nuestro país un rey, que era rico y sabio, llamado Salomón…

—Alabado sea su nombre —interrumpió Abtalión en voz baja.

—Alabado sea su nombre —repitieron los demás ancianos sin interrumpir la marcha.

—…que construyó una casa en el monte Moria, donde en otro tiempo Jacob, nuestro antepasado, había visto en sueños la escalera del cielo y al despertar había dicho: «Éste es un lugar sagrado y lo será para todos los pueblos de la Tierra». Allí levantó Salomón nuestra casa de Dios, que fue magníficamente construida de piedra y madera de cedro y metales labrados. Y, cuando nuestros padres contemplaban sus muros, se sentían seguros en su corazón de que Dios residiría eternamente entre nosotros y de que nuestro destino llegaría a ser para siempre pacífico. Así como nosotros descansábamos en nuestros hogares, también la tienda reposaba en lugar sagrado y, en la tienda, el arca tanto tiempo transportada. Día y noche levantaba la menorá sus siete llamas hacia el altar; todo lo que para nosotros era sagrado reposaba al abrigo del sancta sanctorum del Señor y, aunque invisible, como eternamente ha sido y eternamente será, permanecía Dios en paz en la tierra de nuestros antepasados, en el templo de Yerushalayim.

—Que mis ojos lo vean de nuevo —susurraron los hombres, sin dejar de caminar, como en una oración.

—Pero sigue escuchando, hijo mío. Todo cuanto tiene el hombre, le ha sido dado sólo en prenda, y su tiempo de felicidad corre sobre ruedas veloces. Nuestra paz no fue eterna, como creíamos, pues del este vino un pueblo inculto que irrumpió en nuestra ciudad, como los bandidos que has visto irrumpir en esta ciudad extranjera. Tomaron cuanto había, se llevaron cuanto podía ser llevado, destruyeron cuanto podía ser destruido; sólo lo invisible no pudieron quitárnoslo: la palabra y la presencia de Dios. Pero la menorá, el candelabro sagrado, lo arrancaron de la mesa y se lo llevaron consigo, no porque era sagrado, pues los servidores del mal no comprendían esto, sino porque era de oro, y los bandidos aman siempre el oro. Y junto con el pueblo, se llevaron el candelabro y el altar y todos los vasos sagrados a Babilonia…

—¿Babilonia? —interrumpió tímidamente el niño.

—Pregunta, hijo, pregunta, y que Dios acceda siempre a responderte.

Babilonia se llamaba aquella ciudad, grande y poderosa como ésta, en la que vivíamos entonces y que estaba tan lejos de nuestra patria, que las estrellas se configuraban de otra manera sobre nuestras cabezas. Con esto puedes calcular hasta qué distancia viajaron entonces nuestros objetos sagrados. Cuenta tú mismo conmigo. Pues, mira, si ahora hemos caminado sólo tres horas y ya sentimos dolor y cansancio en nuestros miembros, Babilonia estaba a tres mil horas de distancia y más. Ahora tal vez comprenderás cuán lejos se llevaron el candelabro robado. Pero, no olvides esto tampoco: ante la voluntad de Dios no existen distancias. Y cuando El vio que en el destierro su palabra continuaba siendo sagrada entre nosotros y… y quizá sea éste el sentido de nuestro eterno vagar por la Tierra, a saber, que lo sagrado nos es incluso más sagrado con la distancia y nuestro corazón se vuelve más humilde por el exceso de tribulaciones… Cuando Dios, digo, vio que habíamos superado la prueba, despertó el corazón del rey de uno de aquellos pueblos extranjeros. Este reconoció su error y dejó que nuestros padres regresaran a sus hogares en la Tierra Prometida y les devolvió el candelabro de la casa de Dios y los objetos sagrados. De modo que nuestros padres regresaron de Caldea a Yerushalayim a través de desiertos, montes y selvas. Regresaron de los confines de la tierra sanos y salvos al lugar donde siempre hemos estado y siempre estaremos con el pensamiento. Reconstruimos el Templo en el monte Moria, encendimos de nuevo ante el altar de Dios el candelabro de siete brazos que habíamos devuelto a casa y nuestros corazones se iluminaron con él. Pero, recuerda bien esto, para que comprendas el sentido de nuestro camino de hoy: ninguna obra de este mundo es tan sagrada, tan antigua y ha viajado tanto por el tiempo y el espacio como este candelabro de siete brazos, y de todos los símbolos de nuestra unidad y pureza que tenemos y tuvimos, ésta es la prenda más preciosa. Y nuestro destino siempre se ensombrece cuando su luz se apaga y se pierde.

El rabino Eleazar detuvo su exposición. Su voz parecía fatigada. El niño levantó la cabeza con vivacidad y sus ojos eran como pequeñas llamas ardientes, ávidas y temerosas de que la narración pudiera haber llegado a su fin. El rabino reparó sonriendo en la impaciencia del niño. Le acarició afablemente los cabellos y dijo en tono tranquilizador:

—¡Con qué fuego interior arden tus ojos, hijo mío! Pero no temas: nuestro destino no termina nunca y, aunque siguiera contándote cosas durante años y más años, apenas conocerías una milésima parte del camino al que hemos sido destinados a recorrer. Y ya que sabes escuchar y te gusta, presta atención a cómo nos fue en nuestra patria. Una vez más creímos que habíamos edificado el Templo para siempre. Pero de nuevo llegaron enemigos por mar; vinieron de este mismo país en que ahora vivimos como extranjeros, conducidos por un emperador, un guerrero, llamado Tito…

—Maldito sea su nombre —murmuraron los hombres, sin dejar de caminar.

—…y derribó nuestras murallas y destruyó nuestro templo. El impío entró con pie insolente en el sancta sanctorum y arrancó el candelabro del altar. La magnificencia que Salomón había creado para gloria de Dios, aquel hombre la robó por venganza, y se llevó consigo en triunfo a nuestro rey encadenado y a nuestros objetos sagrados. El pueblo insensato y arrogante dio gritos de júbilo cuando Tito hizo su entrada triunfal a su regreso de Yerushalayim, como si sus guerreros hubieran vencido a Dios y lo llevaran con ellos cargado de cadenas. Y tan espléndido le pareció al infame su sacrilegio, tan soberbia nuestra humillación, que por vanidad mandó construir una gran puerta conmemorativa y grabar en mármol por un artista su robo a Dios.

El niño levantó la frente, atento.

—¿Es aquel arco con tanta gente de piedra? ¿Aquella puerta arqueada delante de la gran plaza, que mi padre me advirtió que no atravesara nunca?

—La misma, hijo. Pasa siempre de largo y no mires ese arco de triunfo, pues recuerda nuestro día más doloroso. Ningún judío debe pasar por debajo de este arco, cuyas imágenes muestran cómo se había vilipendiado lo que para nosotros era y será eternamente sagrado.

»Recuerda siempre…

El anciano se detuvo en mitad de la frase. Pues de repente Hircano ben Hillel, que iba detrás, se había plantado ante él y le había puesto la mano sobre la boca. Todos se estremecieron sobremanera por su osadía. Pero Hircano señalaba ahora en silencio hacia el camino que tenían enfrente, donde se distinguía confusamente algo en el brillo inseguro de la luna velada por la niebla. Algo oscuro se arrastraba despacio por la blanca carretera, como una oruga, y ahora que los ancianos se habían detenido y contenían el aliento, se oía a través del silencio el chirriar de carros pesadamente cargados hasta los topes. Y sobre esta caravana oscura, que avanzaba arrastrándose a duras penas, algo brillante relampagueaba como pequeños tallos con el rocío de la mañana: eran las lanzas de la retaguardia númida, que custodiaba los carros con el botín.

Pero los guardias estaban ojo avizor y ya debían de haber divisado al grupo que se aproximaba, pues enseguida dieron media vuelta a los caballos y se acercaban al galope, lanzas en ristre y con gritos estridentes. Los guerreros númidas cabalgaban de pie en las sillas y las blancas chilabas flotaban al viento haciendo que los caballos pareciesen tener alas. Instintivamente, los once ancianos se agruparon y pusieron al niño en medio. Como un torbellino llegaron los jinetes, por separado y entre gritos agudos, a escasos centímetros de los asustados ancianos, para observarlos de cerca, detuvieron los caballos con tanta brusquedad que éstos se encabritaron. Pero cuando, a la luz incierta de la luna ya casi menguada por el crepúsculo, vieron que no se trataba en absoluto de guerreros que los persiguieran para disputarles el botín, sino sólo de ancianos que seguían pacíficamente su camino a través de la noche, barbicanos y decrépitos, cada uno con su hatillo y su bordón en la mano, al igual que en su país también los devotos solían peregrinar de un lugar a otro, soltaron una risa confiada y amistosa en dirección al grupo, y sus blancos dientes destacaron en sus rostros oscuros e indomables. Entonces, uno de ellos emitió un silbido rápido y agudo, y de nuevo dieron media vuelta a los caballos y regresaron con los demás y el botín, ligeros y alados como una bandada de pájaros, mientras los ancianos seguían todavía inmóviles y estupefactos por aquella aparición relampagueante, sin aventurarse a comprender que habían sido perdonados y salvados.

El rabino Eleazar, el Puro y Claro, fue el primero en recobrar su valor. Dio unas palmaditas cariñosas en la mejilla del niño.

—Eres un valiente —le dijo, inclinándose hacia él—. Tenía tu mano cogida y no temblaba. ¿Quieres que prosiga la narración? Pues todavía no sabes adónde vamos y por qué estamos despiertos de noche.

—Cuenta —pidió el niño con un débil suspiro.

—Te decía, ¿recuerdas?, que Tito, el infame, se llevó a Roma nuestros objetos sagrados y los exhibió, vanidoso, por toda la ciudad. Pero, a partir de aquel día, los emperadores romanos guardaron nuestra menorá y las demás reliquias en una casa a la que llamaban Templo de la Paz. Necia palabra, como si la paz fuera jamás duradera y tuviera un hogar en nuestro conflictivo mundo. Pero Dios no toleró que permaneciera en un templo extraño lo que había sido adorno del suyo en Sión. De modo que al poco tiempo mandó un fuego, y el fuego quemó la casa con su techo, sus imágenes y sus bienes. Sólo nuestro candelabro se salvó de las voraces llamas, y de nuevo se hizo patente que nada pueden contra él ni el fuego ni la distancia ni la mano rapaz del hombre. Fue una señal de advertencia que Dios les mandaba para que restituyeran el candelabro a su lugar santo y los demás objetos a la morada que los veneraba, no por su oro, sino únicamente por su carácter sagrado. Pero, ¿cuándo comprenden los necios una señal? ¿Cuándo el endurecido corazón del hombre se doblega dócil a la razón?

El rabino Eleazar exhaló un suspiro y prosiguió:

—Se llevaron, pues, nuestro candelabro y lo guardaron en otra casa del emperador y, como permaneció allí pacientemente en una cámara cerrada durante años y decenios, una vez más creyeron que ya lo tenían en lugar seguro para toda la eternidad. Sin embargo, detrás de un ladrón siempre azuza otro y lo que uno quitó con violencia, la violencia se lo quita de nuevo. Como Roma cayó sobre Yerushalayim, Cartago cayó sobre Roma. Como ellos nos robaron a nosotros, a ellos les han robado ahora, y como ellos profanaron nuestro santuario, ha sido profanado el suyo. Pero aquellos bandidos nos quitaron también algo nuestro, la menorá, el objeto sagrado, y esos carros de allá, en medio de la oscuridad, se llevan lo más querido para nuestros corazones. Mañana subirán el candelabro a bordo de un barco para llevarlo a tierras extrañas, donde será inaccesible a nuestra mirada anhelante. ¡Nunca más nos dará luz a los ancianos este candelabro! Y así como seguimos a la tumba el cadáver de una persona querida para darle testimonio de nuestro cariño al acompañarla en el último camino, así acompañamos hoy la menorá en su viaje al exilio. Hemos perdido lo más sagrado. ¿Comprendes ahora la aflicción de nuestros apenados corazones?

El niño caminaba cabizbajo y en silencio. Parecía meditar.

—Pero recuerda esto: te llevamos con nosotros como testigo a fin de que un día, cuando nos hayamos convertido en polvo, des testimonio de que permanecimos fieles a lo santo y para que enseñes a los demás a serlo. Para que los ayudes a creer en nuestra fe en el candelabro, a confiar en que siempre acabará regresando de su peregrinar por la oscuridad y en que un día volverá a iluminar gloriosamente el altar del Señor con sus siete brazos. Te hemos despertado para que tu corazón esté vigilante y para que un día cuentes el relato de esta noche a los que vendrán. Recuérdalo y narra a los demás para su consuelo que viste con tus propios ojos el candelabro que ha viajado durante mil años por tierras extrañas, incólume como nuestro pueblo y que, es algo de lo que estoy firmemente convencido, no perecerá mientras no perezcamos nosotros.

El niño seguía callado. Y el rabino Eleazar, el Puro y Claro, advirtió cierta resistencia en el terco silencio del niño. Así pues, se inclinó y preguntó:

—¿Me has comprendido?

La cabeza del niño permaneció erguida.

—No —dijo, obstinado—, no te he comprendido. Pues, si… si el candelabro nos es tan querido… ¿por qué permitimos que nos lo quiten?

El anciano suspiró.

—Buena pregunta, hijo. ¿Por qué permitimos que nos lo quiten? ¿Por qué no nos defendemos? Cuando seas mayor, comprenderás que en este mundo prevalece la ley del más fuerte y no la de los justos. La fuerza impone siempre su voluntad en la Tierra y los dóciles no tienen poder terrenal. De Dios hemos aprendido sólo a soportar la injusticia y a no imponer nuestra ley con los puños.

El rabino Eleazar pronunció estas palabras cabizbajo, mientras caminaba. Pero, de pronto, el niño se soltó con brusquedad de su mano y se detuvo. Directamente, y casi en tono imperioso, preguntó con ardor al anciano:

—Pero, ¿y Dios? ¿Por qué tolera este robo? ¿Por qué no nos ayuda? Pues tú has dicho que Él es el Justo y el Todopoderoso. ¿Por qué se pone del lado de los bandidos y no de los justos?

Todos se horrorizaron. Se detuvieron y, al mismo tiempo, se les paró el corazón en el pecho. La osada pregunta del niño hendió el vacío de la noche como un estridente toque de clarín, como si el mozalbete declarara por su cuenta la guerra a Dios. Y en tono airado e imperioso, pues se avergonzaba de su propia sangre, habló Abtalión a su nieto:

—¡Calla y no blasfemes!

El rabino Eleazar censuró estas palabras:

— ¡Calla tú primero! ¿Por qué ruges contra este niño inocente? Al fin y al cabo, su corazón ingenuo no pregunta sino lo que nosotros nos preguntamos todos los días y a todas horas, tú y yo y todos los sabios y los más sabios de nuestro pueblo desde el principio de los tiempos. El niño no ha planteado sino nuestra ancestral pregunta judía: ¿por qué Dios nos trata con tanta dureza, precisamente a nosotros entre todos los pueblos, que Le servimos como ningún otro? ¿Por qué nos arroja a los pies de los demás, para que nos pisoteen, a nosotros que fuimos los primeros en reconocerlo y alabarlo en la inconmensurabilidad de su Ser? ¿Por qué destruye lo que nosotros construimos, echa por tierra nuestras esperanzas, por qué nos quita el refugio doquiera que descansemos, por qué incita pueblo tras pueblo contra nosotros con odio siempre renovado? ¿Por qué nos expone a pruebas tan duras, siempre sólo a nosotros, a los que primero eligió y a los que primero permitió penetrar en su misterio? No, no mentiré a un niño, pues si su pregunta es una blasfemia, yo también soy un blasfemo todos los días de mi vida. Mirad, lo declaro ante todos vosotros: también yo, a pesar de lo mucho que me resisto, también yo discuto incesantemente con Dios, también yo, a los ochenta años, sigo haciéndome día tras día la pregunta de este cándido niño: ¿por qué Dios nos hunde tan profundamente en la miseria? ¿Por qué tolera que nos priven de nuestros derechos y aun ayuda a los ladrones a robarnos? Y aunque luego, avergonzado, me golpeo mil veces el pecho con el puño, no puedo ahogar ni reprimir la pregunta que pugna por salir a gritos. No sería judío ni hombre, si no me atormentara todos los días esta pregunta. Sólo con la muerte enmudecerá en mis labios.

Los demás ancianos se estremecieron. Nunca habían visto en tal estado de agitación a Kav ve Naki, el Puro y Claro, el siempre claro: esta inculpación debía de haber salido de lo más hondo de su corazón, que de ordinario mantenía cerrado a los demás, y les pareció extraña a todos, viéndolo así ante ellos, temblando sobremanera de dolor y apartando avergonzado la vista del niño, que, asombrado, levantaba sus ojos interrogantes hacia él. Pero el rabino Eleazar ya se había recuperado e, inclinándose de nuevo hacia el niño, lo tranquilizó.

—Perdona que, en vez de darte una respuesta, haya hablado a Aquél que es único y superior a todos nosotros. Me has preguntado, hijo mío, desde la candidez de tu corazón. ¿Por qué Dios permite semejante ofensa contra nosotros y contra Él? Y yo te respondo desde la candidez de mi espíritu: no lo sé. Pues no conocemos los planes de Dios ni sus pensamientos. Pero, siempre que discuto con El en la insensatez de mi dolor y en la desmesura de nuestro sufrimiento común, intento consolarme diciéndome que quizá tenga un sentido este dolor que nos atenaza y quizá todos nosotros expiemos alguna falta. ¡Quién sabe quién la cometió! Quizá fue Salomón, el sabio, imprudente al construir el templo de Yerushalayim, como si Dios fuese un hombre que necesitara un habitáculo en un solo lugar y entre un solo pueblo. Quizá fue un pecado que le levantara una casa con tanta magnificencia, como si el oro fuese más importante que la devoción y el mármol, más que la riqueza del alma. Quizá fue contrario a la voluntad de Dios que quisiéramos ser un pueblo judío como los demás pueblos y tener casa y patria, para decir esta tierra es nuestra y éste es nuestro templo y nuestro Dios, de la misma manera que se dice mi mano y mis cabellos. Quizá por esto destruyó el Templo y nos arrancó de la patria, para que no apeguemos nuestros sentidos a lo visible, sino que Le permanezcamos fieles, sólo interiormente, al Inaccesible e Invisible. Quizá nuestro verdadero camino es estar siempre en camino, mirando hacia atrás con tristeza y hacia delante con impaciencia, siempre anhelando descanso y siempre sin reposo; pues siempre es un camino santo aquel cuya meta se desconoce y que, sin embargo, se sigue con perseverancia, tal como ahora nosotros caminamos esta noche hacia la oscuridad y el peligro, sin conocer el fin del camino.

El niño escuchaba. Pero el rabino Eleazar había terminado.

—Y ahora no preguntes más, porque tus preguntas son más vastas que mi saber. Aguarda y ten paciencia: quizás un día Dios te conteste desde tu propio corazón.

El anciano calló y callaron los demás. Se detuvieron todos en silencio al pie del camino y silenciosa los envolvió la noche, y todos tuvieron la sensación de estar solos en la oscuridad del mundo más allá del tiempo.

De pronto uno de ellos se sobresaltó y levantó la mano. Sobrecogido de espanto, exhortó a los demás a escuchar. Y, en efecto, algo hendía el silencio y se acercaba susurrante. Al principio era sólo como si alguien tocara ligeramente un arpa, un sonido apagado y túrgido, pero ya empezaba a emerger de las tinieblas vibrando con más fuerza, como el viento o el mar, y de repente irrumpió en el bochorno una fuerte ráfaga de tormenta, breve y rápida, de modo que los asustados árboles del camino levantaron los brazos, como si quisieran agarrarse al vacío y los arbustos susurraron revueltos y se levantó polvareda del camino. Era como si, de golpe, las estrellas se tambalearan, y los ancianos, nerviosos por la conversación sobre su destino y conscientes de la proximidad de Dios, temblaban por si de repente recibían una respuesta, pues se dice en las Escrituras que Dios está cerca en el viento y levanta su voz para hablar en el suave susurro. Todos inclinaron la frente, todos escucharon simultáneamente hacia arriba e instintivamente se tomaron de la mano para mantenerse unidos contra lo prodigioso, y cada uno sentía el pulso del otro como un intenso martilleo.

Pero nada ocurrió. Tan de repente como se había levantado, cesó el viento tempestuoso y poco a poco se apagó el susurro en la hierba. Nada ocurrió. Ninguna voz habló, ningún sonido alivió el aterrado silencio. Y, cuando uno tras otro levantaron los intimidados ojos del suelo, vieron que por levante un primer vislumbre, tenue y opalino, empezaba a ascender por encima de la oscuridad. Entonces comprendieron que sólo había sido el viento, que siempre se levanta antes de comenzar el día; que sólo se había producido el milagro diario del amanecer que sigue a cada noche terrenal. Mientras permanecían todavía inquietos, clareaba cada vez más la rojiza lejanía y la tierra luchaba por librarse de sus velos en pálidos contornos. Entonces lo supieron: la noche había terminado, la noche de su peregrinaje.

—Amanece —susurró Abtalión decepcionado—. Recemos nuestras oraciones.

Los once ancianos se reunieron. El niño se quedó aparte—por ser menor de edad no conocía todavía las plegarias —y miró a los demás con el corazón agitado. Los ancianos sacaron de sus hatillos los mantos de oración y se cubrieron con ellos cabeza y hombros. Se ataron las filacterias a la frente y a la mano izquierda, la que está más cerca del corazón. Luego se volvieron hacia Oriente, donde sabían que estaba Yerushalayim, y dieron gracias a Dios, que había creado el mundo, y ensalzaron su perfección con las dieciocho bendiciones. Salmodiaban y recitaban en susurros, oscilando el cuerpo hacia delante y hacia atrás al ritmo de las plegarias. El niño no comprendía todas las palabras, pero veía el fervor con que los once ancianos se balanceaban en su emocionado canto, como antes lo hicieran los matorrales en el viento de Dios. Después del solemne «Amén», todos se inclinaron, doblaron de nuevo los mantos y se prepararon para reanudar la marcha. Los ancianos parecían más viejos ahora, a la luz que apuntaba poco a poco; más marcadas se dibujaban las arrugas de sus frentes y más oscuras las sombras alrededor de sus ojos y bocas; como si regresaran de su propia muerte, rendidos de cansancio, con gran dificultad se arrastraron junto con el niño para cubrir la última y más peligrosa parte de su camino.

Clara y cálida ardía la mañana italiana cuando los once ancianos y el niño llegaron al puerto de Portus, donde el Tíber, lánguido y encalmado, vierte sus aguas amarillas al mar. Muy pocos barcos de los vándalos aguardaban todavía en la rada; uno tras otro se hacían a la mar los mástiles adornados con victoriosos gallardetes y las espaciosas bodegas cargadas de botín; finalmente, sólo quedó uno anclado ante la costa, devorando con avidez los restos del botín romano que transportaban los carros cargados hasta los topes. Uno tras otro, se acercaban obedientes al muelle de descarga y cada vez los esclavos subían a bordo la pesada carga por una rampa de tablas, sobre sus morenos hombros o levantada a pulso por encima de la cabeza: cajas y arcones con oro y ánforas con vino. Pero, por más que se apresuraran, a ojos del impaciente patrón del barco su trabajo no era lo bastante rápido, de modo que los capataces de los vándalos apremiaban con látigos a los esclavos para que acelerasen el paso. El último carro se detuvo ante el barco; era aquel que los once ancianos y el niño habían seguido durante la noche y que contenía el candelabro del Templo. El carro estaba aún cubierto de paja y trapos, pero los ancianos fijaron su mirada ardiente en su carga y esperando, temblorosos, a que lo descubrieran. Era el momento decisivo: si debía producirse el milagro, sería ahora o nunca.

Pero el niño no miraba en la misma dirección. Como hechizado, tenía los ojos fijos en el mar, que veía por primera vez. Ahí estaba, un infinito espejo azul, resplandeciente, abombado, hasta la nítida línea donde las aguas tocan el cielo, y este espacio inmenso le pareció aún más vasto que la cúpula de la noche cuando por primera vez había contemplado las estrellas de la bóveda celeste en toda su redondez. Miraba embelesado cómo las olas jugaban unas con otras, cómo se perseguían y empujaban, cómo una saltaba sobre la cresta de otra y después huía encrespada con una suave y traviesa risa parecida a un cloqueo, para formarse una y otra vez de nuevo, y el muchacho presintió en este juego feliz una alegría como nunca se había atrevido a soñar en las mohosas sombras de su estrecha y apartada calle de gentes pobres. Su escuálido pecho infantil se dilató con fuerza, anhelando ser más ancho, fuerte y grande para embeberse de aire y de mundo y sentir el hálito de este goce hasta lo más profundo de su sangre judía. Maravillado, sentía irresistibles deseos de acercarse lo más posible al agua, de extender sus pequeños brazos para atraer hacia su cuerpo cuando menos un soplo de esa inmensidad llena de presentimientos y, con una gran sensación de bienestar interior al contemplar tanta belleza y claridad, se sintió a la vez tan feliz como nunca antes se había sentido. ¡Ah, qué serenidad había en todo aquello, cuánta libertad sin miedo! Cual blancos proyectiles descendían y volvían a ascender las gaviotas, blandas y sedosas hinchaban sus velas al viento los gráciles barcos. Y, de pronto, cuando el niño echó hacia atrás su cabecita con los ojos cerrados para embeberse mejor del aire fresco y salado, recordó las primeras palabras que había aprendido: al principio Dios creó el cielo y la tierra. Y por primera vez el nombre de Dios, que el día anterior habían pronunciado los padres, los ancianos, le pareció lleno de sentido y de forma.

Un grito lo sobresaltó. Los once ancianos habían gritado al unísono como por una sola boca, y el muchacho corrió hacia ellos. Acababan de quitar los trapos del último carro y, cuando los esclavos berberiscos se agacharon para sacar una estatua de plata de Hera —que pesaba varios quintales—, uno de ellos apartó de una patada el candelabro porque le molestaba, y la menorá cayó y rodó por el suelo. Un grito de horror, uno solo, desgarró el pecho de los ancianos al ver cómo el símbolo que Moisés había visto, que Aarón había bendecido y que había estado sobre la mesa del Señor en la casa de Salomón, se revolcaba lastimosamente en los excrementos de los caballos, ultrajado con el polvo y la suciedad. Los esclavos negros levantaron la cabeza, asombrados y curiosos, al oír el fuerte grito. No comprendían por qué aquellos viejos locos de barba blanca habían gritado de aquella manera y se abrazaban unos a otros, formando una convulsiva cadena de dolor: al fin y al cabo no les habían hecho ningún daño. Pero el látigo del capataz ya chasqueaba contra sus carnes desnudas y, serviles, hundieron de nuevo los brazos en la paja del carro, para sacar ahora una estela que emitía claros destellos de pórfido y, luego, otra estatua enorme, que, con una cuerda al cuello y otra en los pies, subieron a bordo por la rampa como a un animal sacrificado. El fondo del carro se iba vaciando cada vez más deprisa. Sólo el candelabro, el eterno, quedaba tendido a los pies del carro, descuidado, semicubierto por la rueda. Y los ancianos, en un grupo compacto, temblaban de impaciencia con una esperanza unánime: ¡Ojalá los piratas olviden el candelabro con las prisas! ¡Ojalá lo pasen por alto! ¡Ojalá ahora, en el último momento, se produzca el milagro de la salvación!

Pero entonces uno de los esclavos reparó en el candelabro, se agachó, lo levantó y lo cargó sobre sus hombros. Ahí expuesto, relucía al sol, centelleaba y llameaba, era como si iluminara todavía más el día: por primera vez en su vida los ancianos contemplaron la perdida reliquia de su pueblo, pero ¡ay!, en el mismo instante en que vieron su más preciado símbolo, ¡iba a perderse de nuevo en tierras extrañas! Con ambas manos, la derecha y la izquierda, el negro ancho de espaldas levantó a pulso la dorada menorá para mantener su pesada carga en equilibrio, mientras se dirigía a las vacilantes tablas de la rampa: cinco pasos, cuatro todavía, ¡y el sagrado objeto desaparecería para siempre! Como arrastrados por una fuerza secreta, los once ancianos se agolparon, sosteniéndose unos a otros, al pie de la rampa, la mirada casi cegada por las lágrimas y la saliva chorreando de sus bocas con palabras incoherentes. Avanzaron tambaleándose como ebrios, la boca sedienta, sedienta la mirada, para siquiera tocar el símbolo sagrado con un piadoso beso. Sólo uno, el rabino Eleazar conservaba la lucidez en su dolor. Sin poderse contener, apretó la mano del niño, y el apretón causó tanto daño al pequeño, que faltó poco para que gritase de dolor.

—¡Míralo, míralo! ¡Tú serás el último que habrá visto nuestro sagrado candelabro! ¡Serás testigo de cómo se lo llevaron, de cómo lo robaron!

El niño no comprendió las palabras, pero sintió el dolor de los demás hasta lo más hondo de su corazón y entendió que se cometía una injusticia. La cólera, una cólera infantil, lo recorrió y abrasó su cuerpo. Sin saber lo que hacía, el niño de siete años se soltó de la mano del rabino y se lanzó tras el negro, que acababa de pisar la rampa tambaleándose bajo la pesada carga. ¡No, no se llevaría el candelabro ese extranjero! Inconsciente, se lanzó contra el robusto hombre para arrebatarle el botín.

El esclavo, cargado con aquel peso, se tambaleó con el inesperado y brusco golpe. Era sólo un niño el que se había colgado de su brazo, pero, manteniendo a duras penas el equilibrio en la estrecha y oscilante tabla, el esclavo se tambaleó por el repentino ataque desde atrás, puso el pie en el vacío y cayó arrastrando al niño consigo. Con la caída soltó el candelabro, que rodó al suelo. Rugiendo de rabia, se desplomó con todo su peso sobre el brazo derecho del pequeño. Éste sintió un dolor terrible, como si le hubieran machacado y triturado la carne y los huesos, y profirió unos chillidos ensordecedores. Pero sus gritos se ahogaron entre los aún más estridentes de los demás. Pues ahora todos gritaban a la vez: los ancianos, horrorizados por el sacrilegio de que la menorá rodara de nuevo por los excrementos; desde el barco, los vándalos alborotaban otra vez encolerizados. El capataz se abalanzó sobre los ancianos y los hizo retroceder con el látigo. Mientras tanto, el esclavo se había levantado furioso, apartó con el pie al niño gemebundo, cargó de nuevo el candelabro a los hombros y lo llevó rápido por la rampa al barco como un fugitivo.

Los once ancianos ni se inmutaron por el niño. Ninguno de ellos se dio cuenta de que estaba tendido, retorciéndose y gimiendo de dolor, pues no miraban al suelo. Sólo tenían ojos para el candelabro, que subía por la rampa a hombros del esclavo, con los siete cálices elevados como un sacrificio a Dios; asustados vieron cómo, una vez a bordo, manos extrañas lo cogían indiferentes y lo arrojaban con el resto del botín. Entonces sonó un silbido estridente, la cadena subió el ancla rechinando y abajo, en el espacio invisible donde los galeotes estaban encadenados a los bancos, cuarenta remos se levantaron para golpear uniformemente el agua, hacia delante y hacia atrás. La blanca espuma rociaba la quilla, la galera se deslizaba fragosa, su cuerpo parduzco se hundía y se levantaba sobre las olas, como si respirara y viviera, y con las velas hinchadas abandonaba la rada y se encaminaba directamente hacia el infinito mar abierto.

Los once ancianos siguieron con la mirada el barco que desaparecía. De nuevo se habían cogido de la mano y temblaban: una sola cadena de horror y dolor. Todos habían esperado en secreto, sin confiarse a los demás: ¡Ahora sí, en este último momento se producirá el milagro! Pero el barco, con las velas hinchadas, y acariciado por el viento amoroso, se deslizaba ligero sobre el mar y, a medida que su silueta iba haciéndose más pequeña en la lejanía, más lastimosamente se desvanecía la esperanza en sus corazones y se perdía en el mar inmenso de su tristeza. El barco ya sólo brillaba como el ala de una gaviota y finalmente —las lágrimas oscurecían su mirada— no divisaron sino el azul desierto. ¡Perdida toda esperanza! Una vez más, el candelabro peregrinaba a tierras extrañas y lejanas, eternamente sin descanso, ¡eternamente perdido!

Sólo ahora, al volver la vista del mar, se acordaron del niño, que seguía tendido, gimiendo de dolor y con el brazo roto, en el lugar donde el candelabro lo había arrastrado con la caída. Levantaron al sangrante muchacho y lo colocaron en unas parihuelas. Todos se avergonzaban de que aquel niño hubiera hecho puerilmente lo que ninguno de los hombres se había atrevido a hacer, y Abtalión se asustó pensando en las mujeres, porque devolvía al nieto lisiado a la madre y a la hija. Sólo el rabino Eleazar, el Puro y Claro, los consoló:

—No os lamentéis ni os compadezcáis de él. Recordad cómo Dios en las Escrituras lanzó un rayo contra el hombre que había tocado el Arca con la mano para sostenerla, pues Dios no quiere que el hombre toque las cosas sagradas con sus manos carnales. Pero a ese niño lo ha perdonado y sólo le ha golpeado el brazo. Quizás en este dolor se esconde una bendición y una llamada.

Luego se inclinó cariñosamente sobre el gemebundo niño:

—No luches contra el dolor, sino acógelo dentro de ti. También este dolor es una herencia. Pues sólo en el dolor revive nuestro pueblo, sólo de la penuria saca su fuerza creadora. Algo grande te ha ocurrido, pues has tocado lo sagrado y sólo tu cuerpo se ha lastimado, no tu vida. Quizá por este dolor seas un elegido y en tu destino se esconda un sentido.

El niño levantó los ojos hacia el anciano, fortalecido en cuerpo y en espíritu. El orgullo con que el sabio rabino lo había honrado era más fuerte que el dolor lacerante. Y ningún otro gemido salió de sus labios, mientras lo acompañaban con el brazo roto a la casa paterna.

Desde la noche de los vándalos, los años transcurrieron agitados en el

Imperio romano, y ocurrieron más cosas en el espacio de una sola vida que las que suelen ocurrir en siete generaciones. Otro emperador fue soberano de Roma, y luego otro y otro; uno se llamaba Avito, los siguientes, Mayoriano, Libio Severo y Antemio. Uno asesinaba al otro o lo expulsaba, de nuevo los pueblos germánicos invadían la ciudad y la saqueaban. De nuevo —y siempre en el espacio de una generación— se entronizaban y destronaban emperadores, y los últimos de Roma fueron Licerio, Julio Nepote y Rómulo Augústulo, hasta que Odoacro y Teodorico, recios guerreros nórdicos, tomaron el poder. Pero este imperio de los godos, cuyos reyes creían que, endurecido en la disciplina y ceñido en el hierro, sobreviviría durante generaciones, también cayó y se degradó en el curso de esta sola generación, mientras en el norte otros pueblos migraban y se agrupaban y, al otro lado del mar, se levantaba otra Roma en Bizancio; era como, si a partir de aquella noche en que la menorá saliera por la Puerta Portuense, no pudiera haber más paz ni tranquilidad en la milenaria ciudad del Tíber.

Pero hacía tiempo ya que la muerte se había llevado a los once ancianos que habían acompañado el candelabro en su último viaje, y sus hijos habían sido enterrados y sus nietos habían envejecido. Sin embargo, aún vivía Benjamín, el nieto de Abtalión, el testigo de aquella noche de los vándalos. El niño de entonces se había convertido en un joven, el joven en un hombre y el hombre en un anciano. Siete de sus hijos lo habían precedido en el tránsito y uno de sus nietos había muerto a golpes cuando la chusma incendió la sinagoga bajo el reinado de Teodorico. Pero él, con el brazo roto, seguía vivo; como el viento tempestuoso abate los árboles del bosque a diestra y siniestra, uno solo, sin embargo, el más fuerte, sigue erguido, así ese anciano sobrevivía al tiempo y veía morir a emperadores y caer imperios; sólo a él evitaba respetuosa la muerte, y su nombre era grande y casi sagrado entre los judíos de la Tierra. Lo llamaban Benjamín Marnefesh, que significa «el hombre al que Dios expuso a una prueba amarga», y a nadie respetaban y veneraban como a él, pues era el único y el último que había visto con sus propios ojos el candelabro de Moisés, el candelabro del templo de Salomón, la menorá que, huérfana de luz, permanecía oscura y sepultada en la cámara del tesoro de los vándalos. Cuando llegaban a Roma mercaderes de Livorno, Génova y Salerno, de Maguncia, Tréveris y los países levantinos, se dirigían primero a su casa para ver en persona al hombre que con sus propios ojos había podido ver todavía los sagrados objetos de Moisés y Salomón. Se inclinaban con respeto ante el anciano como ante una imagen religiosa, con un temor colmado de emoción miraban su brazo paralizado y palpaban con los dedos la mano que un día había tocado el candelabro del Señor. Y aunque todos sabían —pues en aquellos tiempos las palabras corrían tan rápidas como hoy los escritos— lo que Benjamín Marnefesh había sufrido aquella noche, no dejaban de pedirle que les contara el viaje de nuevo. Y con la misma paciencia de siempre, el anciano volvía a contar cada vez el éxodo del candelabro, y su poblada barba resplandecía cuando proclamaba lo que el rabino Eleazar, el Puro y Claro —tiempo hacía que su cuerpo reposaba en la tumba— le había augurado en aquella ocasión. Exhortaba a no desesperar, pues aún no había terminado el peregrinaje del sagrado símbolo; el candelabro volvería a Yerushalayim, su destierro llegaría a su fin y el pueblo volvería a congregarse alrededor de su símbolo rescatado. Y, así, salían reconfortados de su casa y entrelazaban su nombre en sus oraciones, pidiendo a Dios que lo dejara permanecer por mucho tiempo con su pueblo, a él, que era el consolador, el testigo, el último que había visto el sagrado candelabro del Templo.

Y Benjamín, el niño de aquella noche lejana, sometido a tan amarga prueba, cumplió los setenta años, y los ochenta, los ochenta y cinco y los ochenta y siete. Sus hombros empezaban ya a inclinarse bajo el peso del tiempo, la vista se le nublaba y a veces se fatigaba a mitad del día. Pero ninguno de los judíos de Roma quería creer que la muerte pudiera tener influjo sobre él, pues su existencia significaba para ellos la garantía de un gran acontecimiento. Les parecía impensable que aquellos ojos terrenales, que habían contemplado el candelabro del Señor, pudieran apagarse sin haber visto el regreso de la menorá, y cuidaban de su vida como de un símbolo de la voluntad de Dios. No había fiesta sin su presencia ni servicio religioso sin su nombre. Dondequiera que iba, los ancianos se inclinaban devotamente ante el patriarca, a su paso todos recitaban el versículo de bendición y, cuando se reunían, ya fuera por motivos de aflicción, ya de fiesta, siempre le reservaban el sitio de honor en la mesa.

Así honraron también los judíos de Roma a Benjamín Marnefesh, el más anciano y digno de la comunidad, la ocasión en que, como mandaba la costumbre, se reunieron en el cementerio la fecha más triste del año, el 9 de Ab, el día de la destrucción del Templo, jornada de triste memoria, que había dejado a sus padres sin patria y los había dispersado como sal por todos los países de la Tierra. No estaban sentados en la casa de oración que la chusma enemiga había profanado, sino allí donde, en este día fatal, la tradición exigía estar cerca de sus muertos; se reunieron fuera de la ciudad, donde sus padres habían sido sepultados en tierra extraña, para lamentarse juntos del propio destierro. Estaban sentados entre las tumbas, y más de uno en losas ya rotas; sabían que se sentaban junto a sus padres, hijos también de su aflicción, y en las lápidas leían los nombres de los antepasados y sus elogiosos epitafios. En muchas lápidas se habían esculpido sobre el nombre imágenes alegóricas de los levitas o un león o la estrella de David. Una de las lápidas plantadas representaba el candelabro de siete brazos, la menorá, para dar a conocer que quien descansaba allí en su sueño eterno había sido un sabio y una luz él mismo para Israel. Ante esta tumba y con la vista vuelta hacia ella, se sentaba Benjamín Marnefesh, rodeado por los demás, con ceniza esparcida sobre la cabeza y las vestiduras rasgadas como las de los otros, que cual sauces se inclinaban sobre las negras aguas de su aflicción.

Era entrada la tarde y el sol descendía ya de soslayo entre los pinos y los cipreses. Mariposas de vivos y variados colores revoloteaban alrededor de los judíos en cuclillas como alrededor de troncos podridos; libélulas con alas de los colores del arco iris se posaban confiadas en sus espaldas dobladas, y en la espesa hierba los escarabajos jugaban alrededor de su calzado. El viento aromático abanicaba las hojas de brillo dorado, se acercaba una noche suave como el terciopelo, pero los judíos no levantaban los ojos ni los corazones. Una y otra vez se postraban en un lamento común recordando la derrota de su pueblo. No comían ni bebían, no dirigían su mirada hacia la claridad del día; sólo se recitaban unos a otros los cánticos que hablaban de la destrucción del Templo y la caída de Yerushalayim y, aunque cada palabra de esos textos dolorosos estaba marcada con hierro candente hasta en la última gota de su sangre, los creyentes las repetían una y otra vez para agudizar el dolor y sentir cómo éste una y otra vez les desgarraba el corazón. No querían sentir sino pesar en este día, el más oscuro, y, así, recordar, además de su propio exilio y vejación, la aflicción y la congoja de los muertos; se repetían unos a otros con palabras todo el penoso destino de su pueblo y los sufrimientos del pasado. Y al igual que éstos en Roma, así en todas las ciudades y comunidades de la Tierra, de un extremo a otro del mundo, los judíos, sentados o en cuclillas junto a las tumbas, con la cabeza cubierta de ceniza y las vestiduras rasgadas, hablaban y leían a la misma hora las mismas lamentaciones, las lamentaciones de Jeremías por la caída de la hija de Sión, convertida en escarnio de los pueblos. Y sabían que esta aflicción y estos lamentos por el destierro común constituían su sola unidad en la Tierra.

Así sentados, recitando, lamentándose y desgarrándose el corazón con el dolor del recuerdo, no se percataban de que el sol se iba dorando cada vez más y los oscuros troncos de pinos y cipreses, como iluminados por una luz interior, empezaban a inflamarse con un color rojizo. No se percataban de que el 9 de Ab, el día del gran luto, tocaba poco a poco a su fin y se aproximaba la hora de la última plegaria. Entonces chirrió la puerta oxidada del cementerio. Oyeron perfectamente que alguien entraba, pero no se levantaron, y también el desconocido se detuvo, aguardando en silencio que terminaran la oración. Sólo entonces el jefe de la comunidad levantó los ojos hacia el recién llegado y lo saludó:

—Bendito sea el que llega. La paz esté contigo, judío.

—Benditos sean los que aquí se encuentran —contestó el desconocido.

Y el jefe preguntó:

—¿De dónde vienes y de qué comunidad eres?

—La comunidad a la que pertenecía ya no existe. He huido de Cartago en un barco. Cosas grandes han sucedido. Justiniano, el emperador, ha enviado desde Bizancio un ejército contra los vándalos, y Belisario, su general, ha tomado por asalto Cartago, la ciudadela de los piratas. El rey de los vándalos ha caído prisionero y su imperio ha sido aniquilado. Belisario se ha apoderado de todo lo que los piratas habían robado durante años y años, y lo ha llevado a Bizancio. La guerra ha terminado.

Los judíos lo miraron indiferentes y en silencio, sin levantarse. ¡Qué les importaba a ellos Cartago, qué les importaba Bizancio! Para ellos, eran Edom y Amalec sus eternos enemigos. Esos pueblos gentiles se enzarzaban en guerras absurdas; ora ganaban unos, ora otros, pero nunca la justicia. ¿Qué les importaba a ellos? ¿Qué eran Cartago, Roma o Bizancio para sus corazones, que únicamente pasaban cuidado por una ciudad: Yerushalayim?

Excepto Benjamín Marnefesh, el sometido a amarga prueba, que levantó entonces la vista con decisión:

—¿Y el candelabro?

—Está a salvo. Belisario se apoderó de él como botín. Y he oído que lo lleva a Bizancio junto con el resto de tesoros.

Sólo entonces se sobresaltaron los demás judíos. Sólo entonces comprendieron la pregunta de Benjamín: el sagrado candelabro peregrinaría una vez más a tierras extrañas. Como una tea encendida cayó la noticia en la oscura maraña de su aflicción. Se pusieron en pie de un salto y, pasando por encima de las tumbas, se agolparon alrededor del desconocido, entre lágrimas y sollozos:

—¡Ay de nosotros! ¿A Bizancio?… ¡De nuevo al otro lado del mar!… Otra vez a tierra extraña… Otra vez lo llevarán en triunfo, como Tito, el infame… Siempre a otro país y nunca a Yerushalayim… ¡Ay, ay de nosotros!

Era como hurgar en una vieja herida con un hierro candente. Pues todos sintieron en su interior una oscura angustia y temor al pensar que, si los sagrados objetos del Arca emigraban, ellos también tendrían que marcharse, otra vez y otra, en busca de una patria que no era la patria. Así había sido desde que el Templo fue destruido y así se había arruinado siempre su vida. El dolor pasado y el presente se confundían en un torrente impetuoso. Todos gritaban, sollozaban y se lamentaban, y los pajarillos que se habían posado apaciblemente en las antiquísimas piedras huyeron en desbandada sobresaltados ante el vehemente alboroto de los hombres.

Salvo uno, Benjamín, el patriarca, que guardaba silencio, tranquilamente apoyado en la enmohecida piedra, mientras los otros exaltados lloraban. Sin darse cuenta, sus manos se habían entrelazado; estaba sentado como en ensoñación y sonriendo para sus adentros ante la lápida que tenía grabada la imagen de la menorá. De pronto, un destello del niño que había sido en aquella noche iluminó su rostro de anciano curtido y encanecido, desaparecieron las arrugas, los labios se abrieron suavemente y pareció como si una ligera sonrisa recorriera desde la boca el cuerpo entero, pues, inclinado sobre sí mismo, escuchaba su interior.

Finalmente, alguien se fijó en el anciano y se avergonzó de su propia desesperación. Se detuvo ante él con respeto y tocó ligeramente al que tenía al lado. Uno tras otro fueron calmándose y, con el aliento contenido, miraron al anciano, cuya sonrisa pasó como una nube blanca por encima de su oscuro dolor. Se hizo un silencio como el que reinaba entre los muertos bajo tierra, cuyas tumbas los allí reunidos sombreaban con su presencia.

Por aquel silencio absoluto notó Benjamín que todos lo miraban. A duras penas, porque ya era un hombre decrépito, se levantó de la piedra rota donde había tomado asiento; de pronto a todos les pareció más fuerte que nunca, allí de pie, con el rostro rodeado de matas plateadas y los cabellos ardiendo como llamas blancas bajo la pequeña kipá de seda. Nunca como en este momento sintieron en su interior que Marnefesh, el sometido a amarga prueba, era también un enviado. Y Benjamín empezó a hablar, y sus palabras estaban revestidas de la devoción de la plegaria:

—Ahora sé por qué Dios me ha reservado para esta hora. Siempre me había preguntado para qué parto inútilmente el pan, por qué la muerte me evita, a mí que soy un viejo cansado e inútil, que ya no desea sino silencio. Ya el desaliento se había apoderado de mí, pues he visto demasiado sufrimiento en nuestro pueblo, y mi confianza se había desvanecido. Pero ahora comprendo que todavía algo me ha sido encomendado en esta vida. Vi el principio; ahora me llama el fin.

Respetuosos escuchaban los demás sus oscuras palabras. Finalmente, uno de ellos, el jefe, preguntó a media voz:

—¿Qué piensas hacer?

—Creo que Dios me ha conservado la vida y la luz de los ojos tanto tiempo sólo para que vuelva a ver el candelabro. Debo ir a Bizancio. Lo que el niño no consiguió, rescatar el sagrado objeto, quizá lo consiga el anciano.

Todos temblaron de emoción e impaciencia. Cierto que les parecía imposible que aquel frágil anciano fuera capaz de recuperar el candelabro de manos del emperador más poderoso de la Tierra; sin embargo, era fascinante creer en un milagro. Sólo uno preguntó inquieto:

—¿Cómo podrás soportar un viaje tan largo? Piensa que es una travesía de tres semanas por el mar invernal. Temo que no seas lo bastante fuerte para tal fatiga.

—Siempre se es fuerte, cuando se trata de lo sagrado. También entonces, cuando se me llevaron de niño, creían que el camino era demasiado fatigoso y, sin embargo, fui con ellos hasta el final. Sólo una cosa me hará falta, pues mi brazo está roto, y es que me acompañe alguien robusto para ayudarme, y joven, para que sea testigo ante las generaciones futuras, como lo he sido yo ante la vuestra.

Paseó los ojos a su alrededor y miró uno tras otro a los hombres más jóvenes, como si quisiera examinarlos. Todos temblaban bajo esta mirada escrutadora y sentían su penetrante agudeza hasta en sus enmudecidos corazones. Todos deseaban ser elegidos para la misión y todos eran demasiado tímidos para ofrecerse voluntarios. Todos esperaban con el alma en vilo. Pero el anciano inclinó inseguro la cabeza y sólo murmuró:

—No, yo no lo decidiré. Que no sea mía la elección. Echadlo a suertes. Que Dios escoja quién debe ser.

Los hombres se reunieron, arrancaron tallos de las hierbas que crecían en las tumbas, los rompieron en trozos de distintos largos y se los repartieron. La suerte recayó en Joaquín ben Gamaliel, un muchacho de veinte años, alto y fuerte, herrero de oficio; pero los demás no lo querían porque no conocía las Escrituras y era de temperamento nervioso. Tenía las manos manchadas de sangre: en una riña había matado a un sirio en Esmirna y había huido a Roma antes de que los alguaciles lo apresaran. Enojados y en silencio, se extrañaban de que el azar hubiera escogido precisamente a ese muchacho terco e indomable en vez de a un hombre respetuoso y devoto. Pero, cuando Joaquín avanzó hacia él como el escogido, el anciano se limitó a echarle una rápida ojeada y darle una orden.

—Prepáralo todo. Partimos mañana por la tarde.

Todo el día posterior a aquel 9 de Ab, la comunidad judía de Roma lo dedicó a una actividad frenética. Ningún judío atendió su propio negocio, todos conseguían dinero que reunían y los que eran pobres lo pedían prestado a crédito, y las mujeres daban sus brazaletes y piedras preciosas. Pues cada vez más crecía en ellos la certeza de que éste era el hombre escogido para rescatar la menorá del nuevo cautiverio e inducir al emperador, como en otro tiempo Ciro, a permitir el regreso del pueblo a su patria junto con los objetos sagrados. Día y noche escribieron a todas las comunidades de Oriente, a Esmirna y Creta, Salónica y Tarso, Nicea y Trebisonda, para que enviaran mensajeros a Bizancio y recaudaran dinero con el fin de llevar a cabo el sagrado acto de rescate. Exhortaron a los hermanos de Bizancio y Galacia a preparar de antemano el camino a Benjamín Marnefesh, el sometido a amarga prueba, como el elegido para tan grandioso acontecimiento; al mismo tiempo, las mujeres dispusieron mantos, almohadas y víveres para el viaje, a fin de que los labios del piadoso no tuvieran que tocar nada impuro.

Y aunque a los judíos de Roma les estaba prohibido ir en carro o a caballo, en secreto pidieron un carruaje fuera de la puerta de la ciudad, para que el anciano no comenzara el viaje ya cansado.

Pero mucho se asombraron cuando Benjamín se negó a subir al carruaje. Quería hacer a pie el camino a Portus, exigió obstinado, como cuando, más de ochenta años atrás, siendo un débil niño, lo había andado aquella noche. Al principio les pareció imposible y demasiado audaz para un débil anciano la empresa de pretender llegar a pie hasta el mar. Pero quedaron estupefactos al verlo aparecer, pues parecía completamente transformado desde que había recibido aquel mensaje. Era como si durante la noche las fuerzas hubieran vuelto a sus miembros y un calor nuevo corriera por su sangre vieja. Su voz, antes apagada y extenuada, era ahora fuerte e imperiosa cuando, casi colérico, disipó las inquietudes de sus hermanos. Y, llenos de respeto, lo obedecieron.

Durante toda la noche, los varones judíos de Roma acompañaron a Benjamín Marnefesh, el elegido de su comunidad, por el mismo camino que en otro tiempo anduvieron sus antepasados para acompañar al candelabro del Señor. Sin embargo, llevaban a escondidas unas parihuelas para transportar al anciano en caso de que las fuerzas lo abandonaran antes de tiempo. Pero el patriarca caminaba ágil y vigoroso delante de todos. No hablaba con nadie, todos sus sentidos se concentraban enteramente en el pasado. En cada piedra y en cada recodo del camino, que no había vuelto a recorrer desde aquella noche, tenía presente cada vez con más claridad los intensos momentos de su infancia. Recordaba todo lo que había sucedido, oía las voces de los muertos en el templado viento, se despertaban todas las palabras que cada uno había pronunciado. Allí, a la derecha, se había elevado la columna de fuego de la casa en llamas; aquí estaba la piedra miliar en la que, con el corazón decaído, habían vacilado cuando los jinetes númidas cargaron al galope contra ellos. Recordaba todas las preguntas que había formulado, todas las respuestas que le fueron dadas. Y cuando llegó al lugar donde aquella mañana los ancianos rezaron sus oraciones al pie del camino, sacó el manto de la oración y las filacterias para, igual que ellos, recitar de cara a Oriente la misma plegaria que padres y abuelos habían recitado por la mañana y que, conservada en la sangre y misteriosamente transmitida de generación en generación, recitarían también sus hijos y nietos y otras generaciones futuras.

Los demás permanecían atónitos detrás de él, sin comprender aquel singular comportamiento. Pues ahora la época del año se acercaba más al otoño que en aquella ocasión de antaño, no se observaba en el cielo vislumbre alguna del amanecer y aún estaba lejos la hora del alba: ¿cómo podía un hombre piadoso recitar las oraciones matutinas antes de que amaneciera? Eso iba en contra de toda costumbre y era una grave contravención de la tradición y las Escrituras. Sin embargo, permanecieron respetuosos agrupados alrededor del orante. Pues lo que hacía el elegido no podía ser impropio. Ahora todo le estaba permitido, pensaron, y, si antes de que se hiciese la luz el anciano daba gracias a Dios por la luz que Él había creado, entonces estaba justificado.

Una vez pronunciada la oración, el anciano dobló de nuevo el manto y prosiguió su camino con paso ágil, como si las palabras piadosas lo hubieran reanimado. Cuando finalmente llegaron al puerto, se quedó contemplando el mar un buen rato; el niño que hacía tiempo había desaparecido y que en aquella ocasión había visto por primera vez las olas y el horizonte, revivió en su alma. Era el mismo mar de hacía ochenta años: profundo e insondable como el pensamiento divino, pensó piadosamente. Como entonces, sus ojos se iluminaron con la claridad del cielo; bendijo a todos los amigos que lo habían acompañado, pues se despedía de ellos para siempre; después, subió al barco con Joaquín. E, igual que antes los padres y los abuelos, ahora los hombres miraban conmovidos desde la orilla cómo la galera se movía y se alejaba de la orilla con las velas hinchadas. Sabían que habían visto por última vez al sometido a amarga prueba y, cuando las velas desaparecieron en el horizonte, se sintieron pobres y desamparados.

Mientras tanto, el barco hendía las aguas con empuje y a un ritmo acompasado. Las olas se levantaban espumantes y agitadas y de poniente se acercaban oscuras nubes. Los timoneles oteaban preocupados si se fraguaba una tempestad y, con ella, un peligro mortal. Pero, aunque azotado por el temporal y por dos veces repelido en su curso, el barco resistió el embate y tomó puerto felizmente en Bizancio, tres días después de que Belisario hubiera llegado de África con el botín.

Bizancio, centro del imperio y soberana del mundo desde que Roma perdiera la corona, era un confuso hormiguero aquella mañana, pues desde hacía años a esta ciudad, más dada a las fiestas y a los juegos que a Dios y a la justicia, no se le había prometido espectáculo tan magnífico como el de aquel día: Belisario, el vencedor de los vándalos, iba a llevar su ejército victorioso y todo el botín al circo, al encuentro del basileo, el señor del mundo. Enormes multitudes se apiñaban en las calles adornadas con gallardetes, una sola mesa llenaba de negro el gigantesco espacio del hipódromo en forma de óvalo oblongo y, como un mar embravecido, enfurruñado e impaciente, retumbaba y gemía en una compacta expectación. Pues aún estaba vacío el palco imperial, el kathisma, que, revestido de columnas y recargado de adornos, remataba el inmenso óvalo en su parte achatada como un huevo sin cáscara. El basileo todavía no había aparecido ante su pueblo a través del paso subterráneo que conectaba el palacio imperial con este espacio festivo.

Finalmente, estridentes toques de trompeta anunciaron el momento solemne. Primero se pusieron en fila los guardias imperiales, formando una radiante pared de fondo con sus uniformes rojos y sus centelleantes espadas; a continuación aparecieron, envueltos en crujientes sedas, los más altos dignatarios, los sacerdotes y los eunucos y, finalmente, hicieron su entrada, bajo palio y llevados en dos palanquines, Justiniano, el basileo y autócrata, con la corona sobre la cabeza como una aureola, y Teodora, luciendo sus joyas. Cuando ocuparon el palco imperial, se produjo de repente en todas las gradas un estruendoso estallido de júbilo. Todos habían olvidado que, aún no hacía muchos años, en ese mismo lugar, idéntica multitud había asaltado el mismo palco con el mismo emperador y, en castigo, treinta mil personas habían sido degolladas allí mismo; para la masa, olvidadiza por naturaleza, la victoria borra siempre la culpa. Ebrias de pompa y a la vez enardecidas de su propio entusiasmo, gritaban, alborotaban, silbaban y aclamaban en cien lenguas estos miles de voces hasta hacer temblar con su eco los muros de piedra: era toda una ciudad, un mundo entero, que recibía vibrante al hijo de campesinos de Macedonia y a la bella mujer que en otro tiempo —los viejos todavía se acordaban— había exhibido su cuerpo desnudo en ese mismo lugar como bailarina y de noche lo vendía a cualquiera. Pero también esto se había olvidado, igual que se olvida toda ignominia después de la victoria y todo desafuero después del triunfo.

Pero otro pueblo, silencioso y pétreo, presidía desde las terrazas superiores a la masa vocinglera, que se encrespaba como agua sucia lanzando venales gritos de júbilo al vencedor: los cientos y cientos de estatuas de Grecia. Las habían arrancado de sus templos, donde sólo reinaba la paz, imágenes de los dioses de Palmira, Cos, Corinto y Atenas; las habían arrebatado a sus arcos de triunfo y columnas, desnudas y relucientes en la eterna blancura de su mármol. Insensibles a la pasión efímera, hundidas para siempre en el sueño eterno de su belleza, permanecían mudas e indiferentes, sin rendir homenaje a lo terrenal y sin moverse. Inmutables y orgullosas, dirigían su mirada más allá de los juegos sangrientos, hacia la azul lejanía del mar, que rompía sus olas puras contra el Bosforo.

De nuevo resonaron, estridentes y cercanas, las trompetas, para anunciar que la comitiva triunfal del jefe del ejército había llegado a la entrada del hipódromo. Se abrieron las puertas y una vez más los rugidos ya amortiguados de la multitud crecieron como una ola para desembocar en un júbilo atronador, ¡Ahí estaban las férreas cohortes de Belisario que se habían adueñado del imperio universal, vencido a todos los enemigos, y a las que brindaban ahora el placer de unos juegos sin cuitas ni penalidades! Los gritos de júbilo se hicieron todavía más fuertes y estridentes cuando, detrás de los vencedores, vieron aparecer el botín, los tesoros de Cartago, en una procesión sin fin. Primero desfilaron orgullosos los carros triunfales que en su día habían capturado los vándalos; los seguían, llevados en altos armazones, tronos adornados con joyas, altares de dioses desconocidos, radiantes estatuas creadas por artistas anónimos en nombre de la belleza y, a continuación, arcas llenas a rebosar de oro, cálices, vasijas y ropas de seda; todo lo que aquel pueblo de bandidos había robado de un confín a otro de la Tierra, regresaba ahora para glorificar al emperador, al imperio y, ante cada nueva magnificencia, el pueblo prorrumpía de nuevo en gritos de júbilo y soñaba, en crédulo delirio, que todo el esplendor y toda la riqueza del mundo se derramaba sobre él por los siglos de los siglos.

Ante tan deslumbrantes tesoros, la multitud no se dio cuenta de que los portadores traían ahora unos objetos que parecían pobres en comparación con los anteriores, de una selecta exquisitez: una mesilla de oro batido, dos tubas de plata y un candelabro de siete brazos. Estos objetos insignificantes no levantaron un solo grito de júbilo. Pero allá en lo alto, en medio de la multitud, suspiró un anciano, mientras agarraba con la mano —era la izquierda— el brazo de su vecino, Joaquín: al cabo de ochenta años, el viejo veía de nuevo lo que un día había visto de niño, el candelabro sagrado de la casa de Salomón, el candelabro que su mano infantil había tocado y que le había roto el brazo para siempre. ¡Bendita visión: era el mismo! ¡El eterno candelabro daba un paso más hacia la patria a través del tiempo eterno! El anciano sintió la gracia del reencuentro como una tempestad interior: no pudo contener por más tiempo su desbordante alegría y gritó con ardor:

—¡Nuestro! ¡Nuestro! ¡Nuestro por toda la eternidad!

Pero nadie, ni siquiera los más cercanos, oyeron el grito aislado, pues en aquel momento la masa estalló en un clamor unánime de júbilo: Belisario, el triunfador, había entrado en la arena. Muy por detrás de los carros triunfales, detrás del inmenso botín, caminaba vestido con el sencillo uniforme de sus guerreros. Pero el pueblo conocía y reconoció a su héroe y vitoreó tan fuerte su nombre, y sólo el suyo, que Justiniano se mordió los labios de celos cuando su general se inclinó ante él.

Luego el silencio invadió de nuevo el hipódromo, un silencio tan absoluto y tenso como lo había sido antes el alboroto. Gelimero, el rey de los vándalos, que, cubierto como escarnio con un manto de púrpura, iba detrás de Belisario, su vencedor, estaba ahora ante el emperador. Los esclavos le quitaron entonces el manto y el vencido se postró en el suelo. Por un momento, ni un hálito salió de los miles y miles de bocas. Todo el mundo tenía la mirada fija en la mano del basileo. ¿Le otorgaría o no perdón? ¿Levantaría o bajaría el dedo? Y he aquí que lo levantó, concedió la vida al vencido, y el entusiasmo se desencadenó en un único trueno. Sólo uno entre la multitud no había mirado la escena, Benjamín, el conmovido anciano. Únicamente tenía ojos para la menorá, que los portadores seguían paseando por la arena. Sólo a ella miraba y, cuando el sagrado objeto desapareció con la comitiva, se le nublaron los sentidos.

—Sácame de aquí —murmuró a media voz.

El esplendor de aquel espectáculo único atraía al ansioso joven. Pero la mano huesuda del anciano se asió con fuerza a su brazo.

—¡Sácame de aquí! ¡Sácame de aquí!

Cogido de la mano de su ayudante, atravesó la ciudad caminando a tientas como un ciego. Con los ojos del alma seguía viendo el candelabro e, impaciente, urgió a Joaquín a que lo condujese lo más deprisa posible a la comunidad judía. De pronto, ahora que el principio y el fin se tocaban, se apoderó de él el temor de que su vida pudiera acabar antes de tiempo y él llegara tarde, una vez más, para salvar el candelabro.

Mientras, en la casa de oración de Pera, la comunidad aguardaba desde hacía horas y horas al augusto huésped. Al igual que en Roma, donde sólo se permitía a los judíos residir en la otra orilla del río, en Bizancio sólo se toleraba a los judíos en Pera, en la orilla opuesta del Cuerno de Oro; aquí, como en todas partes, su destino era la marginación, pero también era el secreto de su supervivencia en el tiempo.

La estrecha pieza de la casa de oración estaba atestada y su atmósfera, espesa. Pues no sólo se habían congregado para esperarlo los judíos de Bizancio, sino que también habían acudido, para participar en el consejo y en el acontecimiento, delegados de cerca y de lejos: de Nicea y Trebisonda, de Odesa y Esmirna, y de todas las ciudades de Tracia. Desde mucho tiempo antes se había difundido por todas las comunidades de la costa marítima la noticia de que Belisario había asaltado la ciudadela de los vándalos y había regresado con todos sus tesoros, entre ellos el candelabro eterno; no había judío en el Imperio bizantino que no hubiera recibido la noticia con emoción. Pues, aunque diseminado como la paja por las eras del mundo y desunido por muchas lenguas, a este pueblo perdido todo cuanto les sucedía a sus símbolos sagrados lo unía para goce o aflicción y, aunque a menudo sus gentes eran endurecidas y olvidadizas las unas con las otras, sus corazones se fundían fraternalmente ante cualquier peligro. La persecución y la injusticia forjaban de nuevo la férrea alianza que sostenía el desgajado tronco de su unidad, para que no se pudriera y cayera; con cuanta mayor dureza los golpeaba el destino, más fuertes se hacían sus almas en la unidad. También esta vez el rumor de que la menorá, el candelabro del Templo, el candelabro del pueblo, había sido liberado de una prisión oculta y, como antaño, regresaba por tierras y mares de Babilonia y Roma, llegó a todos los judíos como señal de su buena estrella. Se reunían en las calles y en las casas hablaban animadamente y estudiaban las Escrituras con sus maestros y sabios para interpretar el sentido de tal peregrinaje. Pues, ¿qué significaba el hecho de que el sagrado objeto volviera a ponerse en camino? ¿Significaba esperanza o desolación? ¿Era el comienzo de una nueva persecución o su final? ¿Serían pronto de nuevo los expulsados, los peregrinos de caminos sin rumbo, serían una vez más el pueblo errante sin descanso ahora que el candelabro erraba sin reposo? ¿O quizá la redención del candelabro significaba también la suya, partida y regreso a casa, al fin, al fin, el término de su desventurado éxodo? El alma de todos ellos se consumía de impaciencia. Corrían mensajeros de un lugar a otro para obtener más información sobre el viaje y el destino del candelabro, y grande fue su terror cuando finalmente llegó la noticia de que este último objeto del Templo sería conducido en público triunfo ante el emperador Justiniano, como en otro tiempo fue llevado a Roma.

Ya esta noticia abrumó sobremanera sus almas, pero la excitación llegó al paroxismo cuando llegaron mensajes de Roma anunciando que Benjamín Marnefesh, el sometido a amarga prueba, que de niño había sido el último en ver el candelabro en manos de los vándalos, se encontraba camino de Bizancio. Primero se sorprendieron, pues, desde hacía años y años, todos los judíos, por muy lejanos y dispersos que estuvieran, conocían la prodigiosa hazaña de aquel niño de siete años que había intentado arrebatar el candelabro a los vándalos durante el saqueo y cuyo brazo se había roto al caer. Las madres hablaban a sus hijos de Benjamín Marnefesh, el golpeado por Dios, y los doctos a sus discípulos. Su hazaña se había convertido hacía tiempo en piadosa leyenda, como las de las Escrituras, que eran leídas y aprendidas. Por las noches, en las casas judías la gente la repetía, como una de las antiguas, como los hechos luminosos o sombríos de Rut y Sansón, de Amán y Ester, de las madres y antepasados del pueblo. Y ahora, de repente, llegaba la increíble y maravillosa noticia: aquel niño de entonces todavía estaba vivo. Y, más aún, ese niño, ahora un anciano, venía por tierras y mares. Benjamín Marnefesh, el último testigo, estaba en camino para ver el candelabro una vez más. ¡Tenía que ser una señal! No en vano Dios había conservado y protegido a este hombre más allá del tiempo normal según la medida terrena. Quizás había sido llamado como elegido para llevar la menorá de regreso a la patria y también a ellos mismos. Y cuanto más hablaban unos con otros, menos dudaban: la fe en el Salvador, el Redentor, que en la sangre de este pueblo expulsado germina y florece eternamente al primer cálido soplo de esperanza, crecía ahora con lozanía y fecundaba sus corazones. Sorprendidos, los vecinos observaban en pueblos y ciudades a los judíos, que habían cambiado de la noche a la mañana. Aquellos que antes se deslizaban medrosos y encorvados por las calles, siempre en espera de un insulto o de un golpe, ahora caminaban alegres y casi bailando como extasiados. Avaros que aprovechaban y ahorraban cualquier migaja, compraban ricos ropajes; hombres con el habla entorpecida por la embriaguez se levantaban y predicaban con elocuencia la promesa; mujeres embarazadas tenían visiones y se acercaban en cuanto podían al mercado para comunicarlas sin demora a las demás; y los niños llevaban coronas y banderas de colores. Los más piadosos empezaron incluso a prepararse para el viaje y vendían precipitadamente bienes y posesiones para disponer de antemano muías y carros y no perder ni un día en preparativos tan pronto como se oyera la llamada de regreso. Pues, ¿no debían ponerse en camino cuando el candelabro viajaba por el mundo, y no estaba cerca ya el mensajero que de niño había acompañado la sagrada reliquia, cuando en sus días se había producido una señal, un milagro como éste?

Y, así, cada comunidad a la que el mensaje había llegado a tiempo eligió a un hombre entre los suyos como enviado para asistir a la llegada del candelabro a Bizancio y que participara en las deliberaciones. Y todos los elegidos se estremecían de gozo y bendecían el nombre de Dios. Acostumbrados a una vida insignificante y oscura, que de ordinario transcurría miserablemente entre las necesidades y las vicisitudes cotidianas, les parecía extraordinario que ellos, por lo demás modestos tenderos y humildes artesanos, pudieran tomar parte en un acontecimiento tan maravilloso y ver al hombre que Dios había preservado a la vista de todos a través del tiempo terrenal para llevar a cabo la acción salvadora. Compraron o pidieron prestados ricos vestidos, como si hubieran sido invitados a una gran celebración; ayunaron, se bañaron y rezaron todos los días antes del viaje para recibir el mensaje limpios de cuerpo y de alma, y después, cuando partieron de sus casas, los acompañó la comunidad del pueblo o de la ciudad de cada uno durante el primer día de camino. En todos los lugares que atravesaron hasta Bizancio, las gentes piadosas les ofrecían alojamiento y recolectaban dinero para el rescate del candelabro; orgullosos y misteriosos como embajadores de un poderoso rey, hacían su camino esos pequeños mensajeros de un pueblo pobre y sin poder y, cuando se encontraban con otros y proseguían juntos el viaje, hablaban con emoción de lo que iba a ocurrir, y cuanto más hablaban, tanto más se enardecían. Y cuanto más se enardecían sus almas unas a otras, tanto más se convencían de que serían testigos de un milagro y del cambio, tanto tiempo anunciado, en el destino de su pueblo.

Y ahora esperaban todos reunidos en la casa de oración de Pera, un confuso y ferviente enjambre de hombres que hablaban, se exaltaban, se perdían en conjeturas y preguntas. Entonces llegó corriendo y jadeante el muchacho que impacientes habían enviado por delante; desde lejos agitaba ya un pañuelo por encima de la cabeza en señal de que Benjamín Marnefesh, el huésped ansiado, había desembarcado de un navío procedente de Bizancio. Los que todavía estaban sentados se levantaron de un salto, los que en aquel momento todavía gritaban y discutían con ardor enmudecieron y a uno de ellos, muy mayor, de la emoción le abandonaron las fuerzas: cayó desplomado en medio de aquel tumulto que conturbaba los sentidos. Sin embargo, nadie, ni siquiera el jefe, se atrevió a salir al encuentro del esperado. Aguardaban inmóviles y con el aliento contenido y, cuando Benjamín, guiado por Joaquín, se acercó a la casa, barbiblanco e imponente con su mirada de oscuros fulgores, les pareció que era Samuel guiado por el niño, la figura de un patriarca, el verdadero dueño y señor del milagro. En aquel momento estalló con ímpetu en todos ellos el entusiasmo hasta entonces contenido:

—¡Bendita sea tu llegada! ¡Bendito sea tu nombre! —gritaron de alegría al salir a su encuentro.

Todos lo rodearon a la vez. Besaron sus ropas y les rodaron lágrimas por las agostadas mejillas; se apretujaban y empujaban para tocar piadosamente con el dedo el brazo que el candelabro del Señor había roto, y el jefe tuvo que colocarse delante del anciano para protegerlo; de lo contrario, el ímpetu de tantos hombres ebrios de gozo lo hubiera aplastado.

Benjamín se atemorizó sobremanera con la fogosidad de aquel fervor religioso. ¿Qué querían, qué esperaban de él? Una angustia repentina lo sobrecogió ante el peso de las enormes esperanzas que en él habían depositado. Los apartó con gesto suave, pero encarecidamente.

—No me miréis de este modo y no me envanezcáis, para que no me envanezca yo. ¡No esperéis de mí un milagro! ¡Conformaos con esperar pacientemente! Pues es pecado exigir un milagro como cosa cierta y segura.

Todos inclinaron la cabeza, admirados de que Benjamín hubiera adivinado sus pensamientos más íntimos.

Y se avergonzaron de su ruda impaciencia. Se apartaron en silencio y así el jefe pudo conducir a Benjamín hasta el asiento que le tenían reservado, cuidadosamente cubierto de almohadones y visiblemente elevado por encima de los demás. Pero de nuevo rehusó Benjamín:

—No, no me enaltezcáis, no ocuparé ningún asiento especial por encima de vosotros. Pues no soy más que cualquiera de vosotros y quizás incluso uno de los más humildes entre vosotros. Sólo soy un viejo al que Dios ya no le ha dejado sino poca fuerza. He venido sólo a veros y aconsejaros. ¡Pero no esperéis ningún milagro de mí!

Dócilmente hicieron según su voluntad y él se sentó entre ellos, el único que se mostraba paciente entre los impacientes. Sólo entonces se levantó el jefe de la comunidad para saludarlo:

—¡La paz sea contigo! ¡Bendita sea tu llegada y bendita tu partida! Nuestras almas se alegran de verte.

Todos callaban solemnemente. Luego continuó el jefe en voz baja:

—Hemos recibido las cartas de los hermanos de Roma que anunciaban tu llegada y hemos hecho todo lo que estaba en nuestro poder. Hemos recaudado dinero de casa en casa y de pueblo en pueblo para poder rescatar la menorá. Hemos preparado un regalo para apaciguar los ánimos del emperador. Hemos escogido lo más precioso que teníamos, una piedra del templo de Salomón, que nuestros padres salvaron de la destrucción, y queremos obsequiar con ella al emperador. Pues todos sus esfuerzos y afanes se dirigen a la construcción de una casa de Dios, más suntuosa que todas las que han existido, y para ello reúne lo más espléndido y sagrado de todos los países y ciudades. Todo esto lo hemos hecho de buen grado y con alegría. Pero nos atemorizó saber lo que nuestros hermanos de Roma esperaban de nosotros: conseguir que seas admitido a la presencia del emperador para requerirle el candelabro sagrado. Nos inquietamos en extremo, pues el señor de estas tierras, Justiniano, no nos quiere bien. Es intransigente con todo aquel que no profese su misma fe, bien sean cristianos de otra clase, bien herejes o judíos, y puede que no dure por mucho tiempo ya nuestra estancia en su imperio, quizá no tarde mucho en expulsarnos. Hasta ahora nunca ha admitido a uno de nosotros en su presencia y, con el corazón avergonzado, he venido hoy a esta casa y a esta hora con el deber de decirte que es imposible lo que piden los hermanos de Roma. Es imposible para un judío presentarse ante la faz del emperador.

El jefe se sumió en un profundo y temeroso silencio. Todos estaban cabizbajos y se sentían decepcionados. ¿Dónde estaba el milagro? ¿Cómo podía producirse el cambio, si el emperador cerraba su mente y su oído al enviado de Dios? Pero la voz del jefe se hizo más clara cuando prosiguió:

—No obstante, es siempre reconfortante y maravilloso saber una vez más que para Dios nada es imposible. Cuando con el corazón oprimido he entrado en esta casa, se me ha acercado uno de nuestra comunidad, Zacarías el orfebre, un hombre justo y piadoso, para comunicarme la noticia de que el deseo de nuestros hermanos de Roma se había cumplido. Mientras hablábamos y nos afanábamos indecisos, él trabajaba en silencio y, por caminos secretos, ha conseguido lo que los sabios y los más sabios habían creído imposible. Habla, Zacarías, infórmanos.

De una de las filas de atrás se levantó vacilante un jorobado, de baja estatura y complexión delicada, medroso y avergonzado de que todos lo mirasen con tanta curiosidad. Bajó la frente para ocultar su rubor, pues, artesano solitario como era y siempre en silencio, tenía miedo de hablar y de ser escuchado. Tosió varias veces y su voz era débil como la de un niño:

—No me alabes, rabino —dijo a media voz, como en un susurro—, no es mío el mérito. Dios me ha puesto fácil la tarea. Desde hace treinta años, el tesorero está bien dispuesto hacia mí, desde hace treinta años trabajo día a día para él y, cuando hace pocos años, el pueblo se levantó contra el emperador y saqueó e incendió las casas de los cortesanos, lo escondí durante tres días en mi casa junto con su mujer y su hijo, hasta que desapareció el peligro. Así pues, yo sabía que me concedería cualquier favor, pero nunca le había pedido ninguno. Mas, cuando supe que Benjamín estaba en camino, le por vez primera que hablara con el emperador y le anunciara la llegada de una importante y secreta embajada de allende el mar. Y Dios quiso que sus palabras tuvieran fuerza y el emperador accediera a la petición. Mañana, Benjamín y el jefe serán admitidos en la Chalke, la sala de audiencias del emperador.

Zacarías tomó asiento de nuevo quieta y tímidamente. Los presentes guardaron un estremecido silencio, pues de por sí era un milagro, nunca visto, que un judío pudiera comparecer ante la faz del inaccesible. Sus almas temblaban, sus ojos se dilataban y el mensaje de la gracia aleteaba sobre su respetuoso silencio. Y entonces Benjamín prorrumpió en un gemido como si le hubieran asestado un golpe:

—¡Oh, Dios mío, Dios mío! ¡Qué carga me imponéis! Mi corazón está cansado y no hablo la lengua extranjera. ¿Cómo he de presentarme ante el emperador y por qué precisamente yo? Sólo como testigo fui llamado, sólo para ver el candelabro, no para cogerlo y luchar por él. ¡No me elijáis a mí! Que hable otro. Yo soy demasiado viejo y débil.

Todos se amedrentaron. Estaba dispuesto un milagro, y el hombre elegido ahora se negaba a llevarlo a cabo. Pero, mientras pensaban temerosos la manera de convencer al irresoluto, Zacarías se levantó sigilosamente de su asiento. Su voz era ahora diferente, resuelta y firme:

—No, tienes que ir tú, y sólo tú. Modesto fue mi esfuerzo y, sin embargo, sólo por ti y por nadie más lo hubiera realizado. Pues sé que, si uno de nosotros puede dar la paz y el sosiego, ése eres tú.

Benjamín alzó los ojos hacia él.

—¿Cómo puedes saberlo?

Pero Zacarías repitió a media voz y con decisión:

—Lo sé y lo sé desde hace tiempo. Sólo tú, entre todos, puede dar la paz y el sosiego al candelabro.

Tanta seguridad hizo vacilar el corazón de Benjamín. Miró a Zacarías, que a su vez lo miraba sonriente y como corroborando sus palabras, y de pronto le pareció que ya había visto antes aquellos ojos. Y también a Zacarías le pareció reconocer algo en su mirada, pues su sonrisa se iluminó y en tono confidencial le habló, sin mirar a los demás:

—¿Recuerdas aquella noche? ¿Recuerdas a uno que iba con la comunidad, a Hircano ben Hillel?

Entonces también Benjamín sonrió.

—¿Cómo no iba a acordarme? Recuerdo cada palabra y cada sombra de aquella noche bendita.

Zacarías prosiguió:

—Soy el hijo de su nieto. Todos hemos sido y somos orfebres, y donde haya un emperador o un rey que tenga oro y alhajas y busque un moldeador y un tasador, siempre elegirá a uno de nuestra familia. Hircano ben Hillel custodió el candelabro durante su cautiverio en Roma, y todos los de su estirpe, dondequiera que estemos, esperamos desde entonces el momento en que otra cámara del tesoro lo acoja para protegerlo, pues donde hay tesoros, allí estamos nosotros para moldearlos y tasarlos. El padre de mi padre dijo a mi padre, y mi padre a mí que, después de aquella noche en que se rompió tu brazo, el rabino Eleazar, el Puro y Claro, anunció refiriéndose a ti algo que ni siquiera tú sabías a aquella temprana edad: que un sentido debía de haber en tu hazaña y tu dolor, y que si alguien podía rescatar el candelabro, ése eras tú.

Todos temblaban. Benjamín bajó la cabeza. Conmovido, dijo:

—Nadie ha sido más bondadoso conmigo que el rabino Eleazar aquella noche, y su palabra es sagrada para mí. Perdonad mi corazón pusilánime. Una vez, de niño, fui también valiente; sólo el tiempo y la vejez me han vuelto cobarde. Pero una vez más os ruego que no esperéis milagros de mí. Si me pedís que vaya a ver al que tiene en su poder el candelabro, lo intentaré, pues, ¡ay de aquel que rehúsa un intento de acto piadoso! A pesar de no poseer la fuerza del lenguaje y la oratoria, quizá Dios ponga en mis labios las palabras apropiadas.

La voz de Benjamín había declinado en su inflexión y su cabeza se inclinaba bajo el peso de la misión a la que era llamado. En voz queda pidió una sola cosa:

—Perdonad que ahora os deje. Soy un hombre viejo y cansado del día y del viaje. Permitid que me retire a descansar.

Los congregados le hicieron sitio respetuosamente. Sólo uno, el acompañante, Joaquín el indomable, no pudo contener la impaciencia y, mientras acostaba al anciano en el lecho preparado, le preguntó:

—Pero ¿qué le dirás mañana al emperador?

El anciano no levantó los ojos y se limitó a murmurar como para sus adentros:

—No lo sé y no quiero saberlo ni pensar en ello. No hay poder en mí. Todo me será dado por Él.

Los judíos de Pera permanecieron juntos aún largo tiempo aquella noche. No podían dormir y hablaban y deliberaban con los ojos inflamados y completamente despiertos. Nunca antes se habían sentido tan cerca de lo maravilloso. ¿Y si ahora tocaba realmente a su fin la dispersión, la cruel calamidad del exilio, la eterna persecución y humillación, la angustia de día y de noche por la hora siguiente, por el día siguiente? ¿Y si este anciano, que había estado sentado con ellos en carne y hueso, era realmente el enviado, uno de los maestros de la palabra, como los que habían surgido de este pueblo en otro tiempo y habían sabido ablandar el corazón de los reyes para que hicieran justicia? ¡Inimaginable dicha, increíble merced, poder devolver a la patria los objetos sagrados, reconstruir el Templo y morar a su sombra! Como ebrios hablaron de estas cosas durante toda la confusa y larga noche, y más ardiente iba tornándose su confianza. Habían olvidado la advertencia del anciano de que no esperasen de él ningún milagro, porque como judíos no habían aprendido otra cosa de sus libros que creer en los milagros de Dios. ¿Y de qué otro modo podían vivir ellos, los expulsados, los oprimidos por una eterna persecución, sino gracias a esa eterna espera de la redención? Y a medida que la noche se acortaba, más larga se les hacía la llegada del día, y ya no podían refrenar por más tiempo sus corazones; miraban incesantemente el reloj de arena, que para ellos corría demasiado lento y perezoso; a cada momento alguno de ellos se acercaba a la ventana y otro salía a la calle a ver si por fin resplandecía el primer brillo del alba en la orilla del mar bañado en la oscuridad y si el día se inflamaba como sus propios corazones ardientes.

Mucho le costó al jefe contener a los suyos, que de ordinario le obedecían dócilmente. Pues aquel día todos querían ir a Bizancio, acompañar a Benjamín y esperar frente al palacio mientras él hablaba con el emperador, el soberano del mundo, para estar más cerca y participar también físicamente del milagro. Pero el jefe les recordó con severidad lo peligroso que era presentarse ante el palacio del emperador en comitiva cerrada o en llamativa multitud, pues el pueblo les era hostil y siempre y en todas partes resultaba peligroso para los judíos llamar la atención. Sólo mediante severas amenazas consiguió obligarlos a quedarse todos reunidos en la casa de oración de Pera e, invisibles para los demás, rezar al Invisible, mientras Benjamín era conducido ante el gran monarca. Así, pues, durante todo aquel día oraron y ayunaron. Oraron todos con tanto fervor y devoción como si cada pequeño corazón suyo contuviera la nostalgia de todos los judíos del mundo y su mente permaneciera cerrada a cualquier otro pensamiento del mundo que no fuera éste: que Benjamín consiguiera realizar el milagro y liberar misericordiosamente al pueblo de la maldición del exilio.

Era casi mediodía, la hora fijada, cuando Benjamín y el jefe de la comunidad cruzaron la espaciosa plaza cuadrangular, rodeada de columnas, situada ante el palacio de Justiniano. Tras ellos iba con paso cansino Joaquín, el joven fuerte y robusto, con una pesada carga sobre los hombros, envuelta en un paño. Despacio, con ademán grave y tranquilo, vistiendo sus sencillos y oscuros ropajes, los dos ancianos se dirigieron a la puerta de bronce de la Chalke, que daba acceso a la suntuosa sala del trono del emperador de Bizancio. Pero tuvieron que aguardar en la antesala más tiempo del previsto, pues era costumbre deliberada de la corte bizantina hacer esperar indefinidamente a los enviados y solicitantes, para que esta espera les enseñara a apreciar la extraordinaria merced que se les concedía al permitirles contemplar el rostro del más poderoso de la Tierra. Una, dos, hasta tres horas dejaron a los ancianos de pie en el frío mármol, sin preocuparse de proporcionarles un taburete o una silla. Pasaban por su lado en displicente actividad los dignatarios y los obesos eunucos, los guardias de palacio y los criados de brillantes uniformes de colores, sin que ninguno les prestara la menor atención, los mirara o les hablara, mientras desde las paredes los contemplaban, fríos y multicolores, los mosaicos eternamente iguales y, desde arriba, la cúpula sostenida por columnas mezclaba su oro exuberante con los rayos de sol cada vez más bajos. Pero Benjamín y el jefe de la comunidad esperaban pacientes y en silencio. Siendo ancianos, habían aprendido a esperar. Habían visto pasar demasiado tiempo junto a ellos para que les importara una o dos horas más. Sólo Joaquín, joven e impaciente, observaba curioso a todo aquel que entraba o salía y en su impaciencia se dedicaba a contar una y otra vez las piedrecitas de los mosaicos para acortar el tiempo, insoportablemente lento.

Finalmente, cuando el sol bajó de su cenit, se les acercó el praepositus sacri cubiculi y los instruyó en las costumbres que la ley escrita de la corte prescribía inflexiblemente a todos aquellos a los que se concedía la gracia de presentarse ante la faz del emperador. En cuanto se abriera la puerta, les aleccionó, debían dar veinte pasos con la cabeza baja hasta el lugar marcado con una veta blanca en el mármol de color de las baldosas, pero no debían ir más allá, para que su aliento no se mezclara con el del emperador. Y antes de atreverse a levantar la mirada hacia el autócrata, debían prosternarse tres veces, con los brazos y las piernas bien separados. Sólo entonces les sería permitido acercarse a los peldaños de pórfido del trono para besar la cola de la capa de púrpura del basileo.

—No —protestó Joaquín, airado y a media voz—, sólo ante Dios debemos inclinarnos, no ante un hombre. No lo haré.

—Calla —contestó Benjamín con severidad—. ¿Por qué no puedo besar la tierra? ¿Dios no la creó también?

Y aunque fuera impropio inclinarse ante un hombre, también nos está permitido por amor a lo más sagrado.

En este momento se abrió la puerta de marfil que daba acceso a la sala de audiencias. Salió una legación caucásica que había acudido a presentar sus respetos al emperador. La puerta se cerró silenciosa tras ella, pero los extranjeros se detuvieron aún perplejos, con sus gorras de piel y sus ropas de terciopelo. En sus rostros se dibujaba una gran perturbación: era evidente que Justiniano los había tratado con dureza o altivez, pues sólo le habían ofrecido alianza en nombre de su pueblo, en lugar de sumisión total. Joaquín observaba con curiosidad a los extranjeros y su rara indumentaria, pero ya el praepositus le ordenaba que cargara al hombro el fardo cubierto y exhortó a los otros a que siguieran estrictamente sus instrucciones. Luego golpeó suavemente la puerta de marfil con su bastón de oro, que emitió un débil sonido tintineante. Se abrió hacia dentro sin hacer ruido y los tres, a los que se añadió un intérprete a una señal del praepositus, entraron en el espacioso salón del trono del emperador de Bizancio, el Gran Consistorio.

Desde la puerta hasta el centro de la gran sala, estaba en formación una doble fila de soldados, a derecha e izquierda, que los visitantes tuvieron que atravesar, una hilera inmóvil de uniformes rojos, cada soldado con la espada ceñida, en la cabeza el yelmo dorado con el largo penacho rojo, una larga lanza en la mano y, sobre los hombros, la terrible hacha de doble filo. Así como en un muro las piedras están ensambladas una con otra en línea recta, del mismo tamaño, uniformes y sin junturas, así estaban dispuestas esas dos filas de hombres en dos líneas rectas e inmóviles y, detrás de ellas, los jefes de las cohortes, igualmente pétreos, sostenían los estandartes. Lentamente los tres hombres con su intérprete pasaron junto a esta pared de hombres que ni se movían ni respiraban, con los ojos tan inmóviles como sus cuerpos, sin mirar a los que pasaban por delante de ellos; silenciosos en medio del silencio, avanzaron hacia el fondo de la sala, donde presuntamente —pues todavía no les estaba permitido alzar los ojos— les aguardaba el emperador. Pero, cuando el praepositus se les adelantó con el bastón de oro y se detuvo y entonces se les permitió levantar la mirada hacia el trono imperial, vieron que no había trono ni emperador, sino que una cortina de seda, tendida cuan amplia era la sala, les cerraba la vista. Los tres se detuvieron estupefactos ante aquella pared de color que les cortaba el paso.

Entonces, el maestro de ceremonias levantó de nuevo el bastón. Y he aquí que, tirada por cordones invisibles, la cortina se abrió por la mitad con un suave crepitar, y vieron que al fondo se alzaba, sobre tres peldaños de pórfido, el trono cubierto de joyas en el que se sentaba el basileo, sombreado por una cúpula de oro. Estaba rígidamente sentado, pareciéndose más bien a su propia imagen que a él mismo, un hombre grueso y robusto, y su frente desaparecía bajo el aura radiante de una corona que brillaba como un nimbo por encima y alrededor de su cabeza. Igualmente rígidos como estatuas, lo rodeaban absortos los guardias en túnicas blancas, con yelmos de oro y cadenas de oro alrededor del cuello, y delante de ellos, solos, los senadores y dignatarios vestidos con holgadas túnicas de seda púrpura. A todos ellos parecía habérseles cortado el aliento, helado la mirada, y era evidente que el propósito de esta rigidez estudiada era que a todo aquel que se presentaba ante la faz del soberano del mundo se le helara el corazón de respeto.

Y, en efecto, el jefe de la comunidad y Joaquín bajaron estupefactos los ojos, como ocurre a quien de improviso mira directamente al sol. Sólo Benjamín, el patriarca, alzó la vista, imperturbable y sin pestañear, hacia el emperador. Pues, en su dilatada vida, había sobrevivido a diez emperadores y señores de Roma; sabía, por lo tanto, que bajo todas sus preciosas insignias y coronas los emperadores no eran sino hombres mortales, que comían y bebían, evacuaban, yacían con mujeres y morían como los demás. Su espíritu permaneció firme y no tembló. Levantó sereno la mirada para leer en los ojos del soberano al que acudía con una petición.

Entonces sintió en su espalda el bastón de oro que lo apremiaba a recordar la costumbre exigida. Pese a lo difícil que le resultó a su frágil cuerpo, se postró en el frío mármol de las baldosas, con los pies y los brazos separados; tres veces tocó el suelo con la frente y su embrollada barba rozó susurrante la extraña e insensible piedra. Luego, con la ayuda de Joaquín, su acompañante, se levantó, se acercó con la cabeza gacha a los peldaños y besó la orla purpúrea del emperador.

El basileo permanecía inmóvil. Sus pupilas miraban fijas como esmeraldas, y los párpados y las cejas no se movían. Su dura mirada iba más allá de la cabeza del anciano, pues al emperador le era indiferente lo que sucedía a sus pies y qué gusano acababa de arrastrarse hasta la orla de su manto.

A una señal del maestro de ceremonias, los tres hombres habían retrocedido de nuevo y esperaban formando una fila; sólo el intérprete estaba un paso por delante de ellos en calidad de boca de los visitantes. El praepositus levantó una vez más el bastón y el intérprete comenzó a hablar. Dijo que el anciano era un judío que había venido expresamente por encargo de otros judíos de Roma para dar las gracias y el parabién al emperador del mundo por haber vengado a Roma de los saqueadores y haber liberado tierra y mar de aquellos malvados piratas. Y, como fuera que los judíos de todo el mundo —que pertenecía al emperador— habían tenido conocimiento de que el basileo, en su sabiduría, quería edificar una casa en honor de la Divina Sabiduría, Hagia Sofia, una casa de Dios que debía ser más majestuosa y espléndida que todas las hasta entonces nunca vistas en la Tierra, se sintieron impulsados, a pesar de su pobreza, a contribuir con un óbolo a la consagración de esta obra. Pequeño era su donativo, en comparación con la magnificencia del emperador, pero era lo más grande y sagrado que poseían desde tiempos inmemoriales. Cuando sus antepasados emigraron de Yerushalayim, salvaron y se llevaron consigo una piedra del templo de Salomón. Ahora la traían para que se colocara en los cimientos, a fin de que un fragmento y una bendición de la casa de Salomón formaran parte de la casa de Justiniano.

A una señal del praepositus, Joaquín empujó la pesada piedra y la acercó a los regalos que la legación caucasiana había amontonado a la izquierda del trono: pieles, marfil indostanés y cachemires bordados. Pero Justiniano no volvió la vista hacia el intérprete ni hacia el regalo. Con ademán indiferente y aburrido, seguía mirando por encima de todos al vacío y sus labios se movieron apenas indolentes para decir con enojo y desdén:

—¡Pregúntales qué quieren!

El intérprete explicó en un lenguaje florido que en el espléndido botín que Belisario le había traído se encontraba una pieza de poco valor, pero muy querida para este pueblo. Pues el candelabro de siete brazos, que un día los paganos acarrearon por tierras y mares, había sido robado del templo de Salomón, la casa de Dios de los judíos. Por eso, los judíos pedían fervientemente al emperador que les entregara ese candelabro de su botín y estaban dispuestos a recatar su peso en oro por el doble o el décuplo de su valor. No habría casa ni choza en todo el mundo donde los judíos no dieran gracias todos los días en sus oraciones al más bondadoso de todos los emperadores y no rezaran por un largo reinado.

La mirada del basileo seguía fija al frente. Malhumorado, contestó:

—No quiero oraciones de no cristianos. Pero pregúntales qué pasa con esa cosa y qué quieren hacer con ella…

El intérprete miró a Benjamín mientras le traducía las palabras, y éste sintió escalofríos en todo el cuerpo ante la fría mirada del emperador. Notaba resistencia en ella y tuvo miedo de no poderla vencer. Entonces levantó las manos en ademán de súplica:

—¡Piensa, señor, que es el único objeto sagrado que le queda a nuestro pueblo! ¡Arrasaron nuestra ciudad, derribaron nuestras murallas y destruyeron nuestro templo! Todo lo que amábamos, teníamos y venerábamos ha desaparecido. Sólo un objeto, este candelabro, ha pervivido en el tiempo. Tiene mil años, más que todo lo que hay en la Tierra, y desde hace siglos yerra sin patria y nuestro pueblo no tendrá reposo en tanto siga este peregrinaje. ¡Señor, apiádate de nosotros! Este candelabro es nuestra última posesión, ¡devuélvenoslo! Piensa que Dios te ha elevado desde las profundidades a las alturas y te ha hecho rico sobre todos, y aquel a quien Él da también tiene que dar: así lo quiere Dios. ¿Qué es para ti, señor, ese insignificante objeto, ese candelabro errante? ¡Señor, di basta y concédele la paz!

El intérprete tradujo estas palabras embelleciéndolas al estilo cortesano. El emperador las escuchó con indiferencia. Pero, apenas oyó lo que Benjamín dijo de las profundidades de las que Dios lo había elevado, su rostro se ensombreció, pues a su pesar recordaba Justiniano que él, el igual a Dios, era hijo de humildes campesinos, nacido en un pueblo tracio. Furioso, frunció el entrecejo y se dispuso a abrir los labios para rehusar la petición.

Pero, con el miedo siempre presente, Benjamín ya había observado que la negativa se formaba en los labios del emperador y, en el fondo de su corazón, oía ya el terrible e irrevocable «no». Y este miedo le dio alas. Lo rechazó como un puñetazo desde su interior y, olvidando la prohibición de traspasar la línea blanca del mármol, se acercó al trono —todos se estremecieron— y, sin darse cuenta él mismo, su mano se levantó conjurando hacia el emperador:

—¡Señor, está en juego tu imperio, tu ciudad! No te envanezcas y no intentes retener lo que hasta ahora nadie ha podido retener. También Babilonia era grande, y Roma y Cartago y, sin embargo, cayeron los templos que albergaban el candelabro y se derrumbaron los muros que lo encerraban. Él, y sólo Él, permaneció intacto y todo lo demás fue reducido a escombros. A quien trata de retenerlo, el candelabro le rompe el brazo; quien lo priva de la paz, cae víctima del desasosiego. ¡Ay de quien se queda con lo que no le pertenece! Pues no habrá paz de Dios hasta que no vuelva a su santo lugar lo que es suyo y sagrado. ¡Te lo advierto, señor! ¡Devuelve el candelabro!

Todos quedaron estupefactos. Nadie había entendido las impetuosas palabras. Sólo una cosa habían visto con horror los dignatarios y era que uno se había atrevido a lo que nadie hasta entonces había osado: acercarse, en su acaloramiento, a pocos pasos del emperador y arrebatar la palabra de la boca al más poderoso de la Tierra. Estremeciéndose de miedo, miraban al patriarca allí de pie, por el exceso de su dolor, con lágrimas en la barba y los ojos relampagueando de cólera. El jefe de la comunidad había retrocedido y, acurrucado muy detrás de él, el intérprete se había apartado, de modo que Benjamín se encontraba completamente solo y muy cerca, cara a cara, ante el basileo.

Justiniano había despertado de su rigidez. Con mirada insegura, se fijó en el anciano, primero ebrio de ira y luego, impaciente, en el intérprete, para que le tradujera las palabras. El intérprete lo hizo con muchos miramientos y paliativos. Que el emperador en su bondad, dijo, perdonase al anciano aquella impertinencia, pues sólo era fruto de su estado de confusión e inquietud por el bien del imperio. De buena fe había querido prevenir al emperador, informándolo de que aquel objeto estaba maldito por Dios. A quien lo conservaba, le traía desgracia, y toda ciudad que lo albergaba caía en manos del enemigo. Por ello, el anciano había creído deber suyo avisar al emperador y exhortarlo a deshacer la maldición del objeto, devolviéndolo a su lugar de origen, a Yerushalayim.

Justiniano escuchaba con la frente tensa, enojado por el atrevimiento de aquel viejo judío desaforado que levantaba la voz y el puño en su presencia. Pero, al mismo tiempo, se despertaba en él la inquietud, pues, como hijo de campesinos, era supersticioso y, como todo hijo de la fortuna, temía mucho los embrujos y los prodigios. Estuvo un rato meditando en silencio. Después, ordenó ásperamente:

—¡Sea! ¡Que separen esa cosa del botín y la lleven a Yerushalayim!

El anciano tembló cuando el intérprete le tradujo las palabras. La venturosa noticia le cayó como un relámpago e iluminó su corazón. Todo se había cumplido. Había vivido para este momento. Para este momento Dios lo había reservado. Y, sin saberlo ni sentirlo, levantó la mano, la ilesa, y temblando la agitó hacia el cielo como si, a modo de agradecimiento, quisiera llegar hasta Dios.

Mas Justiniano observaba atentamente cómo el rostro del anciano se iluminaba de alegría. Le asaltó un deseo perverso. No podía permitir que aquel osado judío se marchara de allí para vanagloriarse ante su pueblo contando que había convencido y subyugado al emperador. Sonrió con malicia y acritud:

—¡No te alegres tan pronto! Pues el candelabro no será para vosotros, los judíos, ni servirá a vuestro falso culto.

Y se volvió hacia Eufemio, el obispo, que estaba de pie a su derecha:

—Cuando, en la próxima luna nueva, partas hacia Yerushalayim para bendecir la nueva iglesia, erigida por Teodora, te llevarás contigo ese candelabro. Pero no alumbrará sobre el altar, sino que estará colocado sin luz debajo de él, para que todos vean claramente que nuestra fe está por encima de la suya y la verdad por encima del error. Se albergará en la verdadera iglesia y no entre aquellos con los que vivió el Salvador y que no lo reconocieron.

El anciano se estremeció. No había comprendido las palabras en lengua extranjera, pero había visto la malévola sonrisa en la boca del emperador, y había sospechado que ordenaba algo contrario a sus intereses. Quiso postrarse de nuevo en el suelo y suplicarle que cambiase de opinión. Pero Justiniano ya había mirado al praepositus. Éste levantó el bastón y las cortinas se cerraron con su leve susurro: trono y emperador habían desaparecido, la audiencia había terminado.

Benjamín permaneció aturdido e inmóvil frente a la pared cerrada, hasta que el maestro de ceremonias le tocó el hombro por detrás. El anciano salió vacilante, apoyado en Joaquín y con la mirada ensombrecida. Una vez más, pensó, Dios lo había rechazado cuando ya casi tenía en sus manos el candelabro sagrado. Una vez más había perdido la ocasión. Una vez más, el candelabro pertenecía a los señores del poder.

A los pocos pasos de haber abandonado el palacio del emperador, Benjamín, el nuevamente probado, de pronto empezó a flaquear. El jefe y Joaquín tuvieron que sostener con todas sus fuerzas al tambaleante anciano. Lo llevaron a una casa cercana y lo acostaron. El patriarca yacía sin color en el rostro y con los ojos cerrados, y ya creían que la muerte lo abrazaba, pues las manos exangües le caían lánguidas a los lados y, cuando el jefe, angustiado, palpó su corazón, éste sólo latía débil y vacilante. Como si toda su vida se hubiera vaciado en aquella inútil llamada de gracia al emperador, el anciano permaneció horas y horas sumido en una total apatía; pero de repente —el atardecer ya irrumpía en el cuarto—, aquel hombre mortalmente cansado se irguió ante el asombro de los otros dos y les dirigió una extraña mirada, como la de alguien que regresa del más allá. Mas luego, al reconocerlos, les ordenó con vehemente apremio y ante su renovada sorpresa, que lo condujeran inmediatamente a la casa de oración de Pera, porque quería despedirse de la comunidad. En vano le aconsejaron descansar más tiempo y cuidar de su cuerpo. Obstinado, Benjamín repitió la orden y los otros se vieron obligados a complacerlo. Lo trasladaron en unas parihuelas a una barca y en ella lo condujeron a Pera. Se dejó llevar como dormido, con los ojos vacíos y la boca cerrada.

Mientras tanto, los judíos de Pera estaban enterados ya hacía tiempo del fallo y de la orden del emperador. Pero la certeza de un milagro había sido demasiado firme para alegrarse del regreso autorizado del candelabro. Era muy pequeña, demasiado pequeña, esta satisfacción para su infeliz exceso de confianza. Pues, ¿no iba a ser de nuevo un templo extraño el que encerraría la menorá? Y ellos mismos, ¿no iban a seguir vagando y viviendo en el destierro y en países extraños? ¡No, no era el candelabro lo que les inquietaba, sino su propio destino! Permanecían sentados, como vencidos, apesadumbrados y llenos de un secreto rencor. Ah, los augurios siempre engañaban, era un insensato quien los creía, y los milagros, gloriosamente descritos en las Sagradas Escrituras y bellos en el cielo distante, brillaban como nubes de fuego sólo desde aquellos tiempos cercanos a Dios, pero nunca más uno solo de ellos bajó a la tierra para iluminar su vida cotidiana. Dios olvidaba a su pueblo, había abandonado a los otrora elegidos e, indiferente, los había dejado solos en la aflicción y el dolor. No despertó a más profetas que hablaran en su nombre. ¡Era insensato, pues, creer en señales inciertas y esperar milagros y cambios! Los judíos de Pera ya no oraban ni ayunaban. Permanecían desalentados en los rincones, masticando con amargura panes frotados con cebolla. Y ahora que la espera del milagro ya no iluminaba sus miradas y no irradiaba sobre sus frentes, volvían a ser los pequeños y miserables hombres que habían sido, pobres judíos oprimidos, y sus pensamientos, que poco ha se elevaban grandes y magnánimos hacia Dios, se habían vuelto estrechos y mezquinos como su vida diaria. Refunfuñaban, calculaban y se lamentaban unos a otros por el largo y costoso viaje que habían hecho en vano, y deploraban los buenos vestidos que se habían deteriorado por los caminos, los negocios descuidados y el tiempo perdido. Temían de antemano encontrarse a su regreso con la burla de los incrédulos y las reprimendas de las mujeres que los esperaban. Y como el corazón del hombre se vuelve con más encono contra aquel que primero lo enfervorizara y luego lo rechaza y lo confirma de nuevo en su estrechez, aquellos hombres acumularon todo su oscuro rencor contra los hermanos romanos y contra Benjamín, su falso mensajero: en verdad, el anciano no era sino un hombre sometido a amarga prueba, al que Dios no amaba y que no exhalaba sino amargura. Cuando finalmente —era ya casi de noche— Marnefesh entró en la casa de oración, todos le demostraron claramente su cólera. No se levantaron, como antes, respetuosos, a su llegada ni lo saludaron; a propósito apartaron la mirada. ¡Qué les importaba el viejo judío de Roma! Al fin y al cabo, había resultado tan impotente como todos ellos, y Dios había fijado tan poco su mirada en él como en su propio destino humillado.

Benjamín se dio cuenta enseguida del enojo que contenía este silencio, notó el rencor cenagoso, sordo, de los que apartaban la vista calladamente. Vio contristado cómo las miradas lo evitaban bajo sus ladeadas frentes, y el desencanto de los demás lo conmovió como si de él fuera la culpa. Y, así, pidió al jefe que convocara a los demás, porque tenía aún unas palabras que transmitir a la comunidad, y el jefe satisfizo su deseo. A disgusto y de mal humor, se levantaron las cabezas de los que estaban en cuclillas: ¿qué más les podía decir el extraño, el de las falsas promesas? Con todo, sintieron compasión al ver al patriarca que, apoyado en su bastón, se levantaba con grandes dificultades de su asiento; no sé irguió del todo el más anciano de entre ellos, sino que se quedó inclinado, como encorvado, ante su mutismo. Le costó un gran esfuerzo pronunciar palabra:

—He vuelto, hermanos, para despedirme de vosotros. Y también para someterme a vosotros he venido, pues muy a pesar mío he agobiado vuestros corazones. A disgusto, vosotros lo sabéis, fui a ver al emperador, pero ¿cómo iba yo a negarme, si vosotros mismos me lo pedisteis? Cuando era todavía un niño, los mayores me llevaron consigo, me arrancaron del sueño, a mí, que no sabía ni quería saber, pero ellos me hablaron todo el rato, revelándome que el sentido de mi vida era rescatar el candelabro. Creedme, hermanos, es terrible ser alguien al que Dios siempre llama, pero nunca escucha, al que atrae con presagios que nunca se cumplen. Mejor que se quede oculto en la sombra y que nadie lo vea ni oiga. Por eso os ruego: ¡perdonadme y olvidadme, y no preguntéis por mí! No volváis a pronunciar el nombre de aquel que no era el llamado. Y esperad pacientemente a que aparezca el que en verdad liberará al pueblo y al candelabro.

Tres veces se inclinó el anciano ante la comunidad, como un pecador que confiesa su pecado. Tres veces se golpeó el pecho con su mano izquierda sin fuerzas —la otra, la del brazo roto, colgaba fláccida y vacía—, después se levantó y atravesó la sala hasta la puerta. Nadie se movió, nadie le respondió. Sólo Joaquín, acordándose de su deber de ayudar al anciano, corrió tras de él hasta el umbral. Pero Benjamín lo rechazó imperioso:

—Vuelve a Roma y, si preguntan por mí, diles que Benjamín Marnefesh ya no existe y que él no es el llamado. Que olviden mi nombre y no me recuerden en sus oraciones. Quiero estar muerto más allá de mi muerte y perdido para la memoria de los hombres. Pero tú, vete en paz y no te preocupes más por mí.

Obediente, Joaquín se quedó en el umbral. Lo siguió inquieto con la mirada y se sorprendió de que el anciano, apoyado a duras penas en su bastón, avanzara a tientas por la estrecha y desconocida callejuela en dirección al camino que subía hacia las colinas. Pero, no atreviéndose a seguirlo, se limitó a observarlo hasta que la encorvada figura se perdió completamente en las sombras.

Aquella noche, a la edad de ochenta y ocho años, Benjamín, un hombre que había sido siempre tranquilo y paciente, riñó por vez primera con Dios. Con el corazón apesadumbrado, había recorrido a tientas las angostas y tortuosas calles de Pera, sin saber él mismo adonde se dirigía: con el resquemor de la vergüenza por haber despertado en el pueblo demasiadas esperanzas, sólo quería huir. Quería arrastrarse y esconderse en cualquier rincón perdido, donde nadie lo conociera y donde poder reventar como un animal agonizante. «No fue culpa mía —se repetía para sus adentros—. ¿Por qué me cargaron con el peso de la esperanza de un milagro? ¿Por qué me buscaron, por qué me tentaron?» Pero su propio consuelo no lo tranquilizaba, y el temor de que alguien lo siguiera lo empujaba más y más lejos. Hacía rato que tenía los pies cansados, las frágiles rodillas le temblaban, el sudor manaba de su arrugada frente y empapaba de sal amarga sus labios y su barba; su atormentado corazón martilleaba violentamente el dolorido pecho, pero, como un animal perseguido, iba subiendo el anciano, apoyado en su bastón, por el empinado camino que conducía del laberinto de casas hasta las colinas y el campo abierto: ¡ojalá no viera más a nadie y nadie lo viese! ¡Ojalá permaneciese lejos de casas y hogares, perdido para siempre, olvidado, libre por fin del eterno delirio de la salvación!

Y, así, tambaleándose y avanzando a tientas como ebrio, el anciano llegó por fin a las onduladas llanuras que dominaban la ciudad y allí, en el espacio vacío, apoyado en un umbroso pino que —él no lo sabía— montaba guardia ante una tumba, se detuvo con el corazón a punto de estallarle y tomó aliento. La noche brillaba en el sur con la luz clara de otoño, el mar se extendía como un velo escamado de plata, como un pez enorme y el cercano arco del Cuerno de Oro parecía una serpiente enroscada. Al otro lado de la bahía, Bizancio dormía a la blanca luz de la luna con sus resplandecientes cúpulas y torres; raras veces se veía pasar aún una luz en el puerto, pues ya era más de medianoche y ningún ruido de trasiego humano velaba todavía aquellas horas; pero allá arriba el viento rizaba los viñedos con un leve y acariciante susurro, y a cada paso suyo se desprendían hojas amarillentas de los sarmientos cosechados y caían al suelo revoloteando lentamente y sin hacer ruido. Cerca de allí debía de haber, en alguna parte, lagares y depósitos, pues, cuando el viento estaba en calma, el aire llegaba saturado de un olor ácido, olor de caducidad; y con las ventanas de la nariz aspiraba el cansado anciano el vaho húmedo y fétido: ¡ay, convertirse uno mismo en tierra, caer uno mismo como estas hojas que se arremolinaban, partir, perecer! ¡Sobre todo no volver, no tener de nuevo que angustiarse y atormentarse, libre por fin de la propia carga! Y entonces, abrumado por el silencio y seguro de estar solo, le acometió el irrefrenable deseo de paz eterna y, en medio del silencio, elevó su voz a Dios, mitad lamento, mitad plegaria:

—¡Señor, quiero morir! ¿Para qué sigo viviendo, inútil para mí mismo y convertido en escarnio y carga para todos? ¿Por qué me mantienes con vida, sabiendo que ya no quiero vivir? Engendré hijos, siete, todos varones y sedientos de vida y, sin embargo, yo, su padre, eché tierra sobre la tumba de los siete. Me habías dado un nieto, joven e inteligente, que desconocía aún el deseo de la mujer y las dulzuras de la vida, pero los infieles se ensañaron con él. No quería morir, no, no quería morir, durante cuatro días luchó herido contra la muerte y, no obstante, lo tomaste a él, que quería vivir, y a mí, que ardo en deseos de morir, a mí me rechazas. ¡Señor, qué quieres de mí que no quiero defenderme ni me defiendo! Todavía un niño, me arrebataron del lecho y, obediente, me fui, pero engañé a los que creían en mí, y las señales eran traidoras. ¡Señor, basta ya! He vivido ochenta y ocho años, he esperado en vano ochenta y ocho años a encontrar un sentido a mi larga vida y a que algún hecho brotara de mi fidelidad hacia Ti. ¡Señor, no quiero continuar, no puedo! ¡Señor, di basta! ¡Señor, déjame morir!

El anciano había levantado la voz para rogar y suplicar. Anhelante alzó los ojos al cielo, que brillaba apasionado con estrellas y resplandecía intensamente con su dispersa luz. Benjamín esperaba: ¿le daría Dios una respuesta al fin, por primera vez? Esperaba pacientemente y, poco a poco, la mano que sin darse cuenta había levantado se le fue cayendo poco a poco y la fatiga lo dominó, una fatiga inmensa. De repente sintió un martilleo ensordecedor en las sienes y, al mismo tiempo, un tirón en los pies y en las rodillas, que empezaban a flaquear; sin quererlo ni saberlo, cayó en una dulce postración y se dejó deslizar, ligero y pesado a la vez, como si cuerpo se hubiera desangrado. Mas él sentía esta debilidad como un placer. «Es la muerte —pensó— Dios me ha escuchado». Y piadosa y sosegadamente posó la cabeza sobre la tierra, que olía a caducidad otoñal. «Debía haberme puesto el sudario», recordó todavía vagamente, pero ya estaba demasiado cansado y se limitó a ceñirse con gesto maquinal un poco más el manto. Luego cerró los ojos y esperó confiado la muerte solicitada.

Pero aquella noche no llegó la muerte a Benjamín, el sometido a amarga prueba. Sólo el sueño abrazó con ternura y fuerza su cuerpo exhausto y llenó su mirada interior de imágenes y sueños.

Y éste fue el sueño que soñó Benjamín en aquella noche de su última prueba. Andaba una vez más, a tientas y profiriendo imprecaciones, por las estrechas, aletargadas y oscuras calles de Pera, sólo que su oscuridad era ahora todavía más tenebrosa que antes, y negro y nublado era el cielo sobre cimas y alturas. E incluso en sueños se estremeció también esta vez y el corazón le golpeó el pecho con fuerza, cuando oyó pasos detrás de él y, como antes, le sobrecogió el temor de que alguien lo siguiera, y de nuevo apresuró los suyos. Pero los otros pasos no desaparecían, seguían delante, detrás y ahora también alrededor de la negra campiña, pesada y vacía. No podía ver quiénes eran los que caminaban a su derecha, a su izquierda y delante y detrás de él, pero debían de ser muchos, una gran multitud que caminaba; distinguía los pasos pesados de hombres, los más ligeros de mujeres, que hacían tintinear los brazaletes, y los pies elásticos de niños. Debía de ser un pueblo el que marchaba a través de la noche metálica y sin luna, y un pueblo enlutado, abatido, pues de sus invisibles filas salían constantemente sordos gemidos, murmullos y gritos, y Benjamín sintió que sin duda venían caminando así desde tiempos inmemoriales, cansados ya desde hacía mucho de la forzosa peregrinación y de no saber adónde iban. «¿Quién es este pueblo perdido? — oyó preguntarse a sí mismo— ¿Por qué el cielo le está velado, precisamente a él? ¿Por qué a él, y sólo a él, le está negado el reposo?». Pero no entrevió en su sueño quiénes eran estos caminantes y, sin embargo, una compasión fraternal inundó su corazón; los nostálgicos gemidos de aquella multitud invisible lo oprimían más que sus vibrantes lamentos. Maquinalmente murmuró:

—No se puede caminar así eternamente, siempre en la oscuridad y sin saber el camino. Ningún pueblo puede vivir así, sin hogar ni destino, caminando y con el peligro como única y eterna frontera. Habría que encenderle una luz, mostrarle el camino; si no, este pueblo perseguido y perdido perderá la esperanza y se marchitará. Alguien debería conducirlo, guiarlo a casa, iluminar su camino. Hay que encontrar una luz, hace falta una luz.

Los ojos le escocían de dolor; tanta compasión sentía por este pueblo perdido que, entre quedos lamentos y ya desalentado, atravesaba la noche, silenciosa y acechadora. Mas, cuando midió desesperado la lejanía, le pareció que en el borde extremo de su campo de visión brillaba una débil lucecita, un tenue, muy tenue indicio de luz, un simple centelleo, o dos, parpadeantes como fuegos en la oscuridad. «Hay que seguirlo —susurró— aunque sea un fuego fatuo. Quizá con uno pequeño se pueda encender otro grande. Hay que traer esa luz». Y en sueños olvidó Benjamín que sus miembros eran viejos y decrépitos: como un muchacho, ágil y alado, corrió con pies saltarines a buscar la luz. Pasó como una exhalación entre la masa hosca y sombría del pueblo, que le cedió el paso con disgusto y desconfianza. «¡Pero, mirad esa luz, la luz de allá lejos!», le gritó para consolarla. Sin embargo, los oprimidos seguían su camino, mudos y apáticos, con la frente inclinada y el corazón acongojado; no veían la luz, la lejana luz, quizá las lágrimas cegaban sus ojos y las demasiadas tribulaciones diarias paralizaban sus corazones. Mas él percibía la luz claramente, cada vez más, eran siete pequeños destellos, que se cernían en el aire, fraternalmente juntos, y ahora que corría, corría y se iba acercando —el corazón le retumbaba como un tambor—, comprendió que en algún lugar debía de haber un candelabro de siete brazos que alimentaba y sostenía aquellas llamas diminutas. Pero tampoco ese candelabro —aún no lo veía— estaba quieto, también él se movía, como los que caminaban en la oscuridad, misteriosamente perseguido e impulsado por un mal viento, y por eso las voladoras llamas no ardían quietas y derechas, por eso no iluminaban, sino que ondeaban diminutas e inseguras. «Hay que alcanzar el candelabro y darle descanso —pensó el soñador, mientras su propia imagen corría y corría en sueños— pues ¡con qué luz brillaría, si estuviera en paz y reposo! ¡Cómo florecería y prosperaría este pueblo tan probado, si tuviera patria y descanso!». Corría tras él a ciegas, era como si volara, y a medida que se acercaba el candelabro, más claramente veía el tallo dorado y los siete vástagos que se extendían hacia arriba y en los siete puños de oro las siete llamas, todas ellas abatidas por el viento, que seguía empujando con ímpetu el candelabro por tierras, mares y montañas, «¡Quieto! ¡Detente! —gemía corriendo tras él— ¡El pueblo perece! Necesita el consuelo de la luz y no puede vagar eternamente en la oscuridad». Pero el candelabro seguía alejándose flotando en el aire, sus llamas fugitivas parpadeaban con astucia y malicia. Entonces la cólera se apoderó de Benjamín en su carrera; hizo acopio de sus últimas fuerzas, el corazón le golpeaba como un martillo, de un salto dio caza al fugitivo y lo asió con el puño. Su mano fuertemente cerrada ya sentía el frío metal, ya tenía firmemente agarrado el pesado tronco… cuando cayó un potente trueno y el astillado brazo del anciano se rompió dolorosamente. Y en su propio grito oyó el afligido lamento del pueblo lanzado por miles de voces: «¡Perdido! ¡Perdido para siempre!».

Pero he aquí que entonces la tempestad amainó y de pronto el candelabro se elevó grande y derecho y detuvo su vuelo fugitivo. Quedó suspendido en el aire tan quieto y erguido como sobre una base de metal. Sus siete llamas, tanto tiempo abatidas por el soplo fugitivo del viento, desplegaron ahora su color dorado y empezaron a iluminar y resplandecer. Cada vez emitían más luz y poco a poco su resplandor dorado inundó de oro la espesa oscuridad. Y cuando el anciano caído levantó confuso la mirada hacia los que caminaban tras él en la oscuridad, ya no había noche en la Tierra sin caminos y tampoco un pueblo peregrino; una tierra meridional se extendía fértil y pacífica a orillas del mar y, a la sombra de montañas, palmeras y cedros se mecían en una suave brisa, y las vides florecían y se doraban las mieses, pacían corderos y la gacela corría con ágil pie. Pacíficamente trabajaban los hombres en tierra patria, sacaban el agua de las fuentes y araban los campos, ordeñaban y rastrillaban y sembraban y orlaban sus casas con zarcillos y sotos multicolores. Los niños corrían y cantaban y de los pastos llegaba la chirimía de los pastores y de noche las estrellas de la paz brillaban sobre las casas dormidas. «¿Qué país es éste? —se preguntó asombrado el soñador en su sueño— ¿Es el mismo pueblo que antes caminaba en la oscuridad? ¿Encontró al fin la paz y llegó al fin a su patria?». Pero de nuevo el candelabro se elevó aún más alto en el cielo: su resplandor iluminaba ahora como un sol también los bordes del cielo sobre la tierra en reposo. Las montañas, iluminadas, descubrían sus cimas, y en una de las colinas se elevaba una ciudad con grandes pináculos que resplandecían con una luz blanca y sobre los pináculos surgía imponente una casa de sillares. El corazón del anciano dormido temblaba. «Tienen que ser Ye rushalayim y el Templo», dijo con un profundo suspiro. Pero entonces el candelabro se alejó flotando todavía más, hacia la ciudad y el Templo. Las murallas se abrieron como aguas que se retiran y, ahora que se cernía en el interior del recinto sagrado, el edificio del templo ardía como una concha de alabastro. «Ha vuelto a casa —dijo temblando el durmiente en su sueño—. Alguien ha conseguido lo que yo siempre anhelé, alguien ha rescatado el candelabro errante. Tengo que verlo con mis propios ojos, yo, el testigo. Otra vez, una vez más, quiero contemplar la menorá descansando en el santo lugar de Dios». Y he aquí que su deseo lo transportó como una nube, las puertas se abrieron y él entró en el sancta sanctorum para contemplar el candelabro. Pero la luz era indescriptiblemente intensa. Las siete llamas del candelabro ardían como fuego blanco y su hiriente claridad le quemaba tan dolorosamente los ojos, que gritó en sueños. Se despertó.

Benjamín despertó de su sueño. Pero aquel fuego seguía ardiendo dolorosamente en sus ojos; tuvo que cerrar aprisa los párpados contra el candente embate de la luz y aun entonces la sangre seguía palpitando purpúrea y fulgurante bajo los mismos. Sólo cuando levantó la mano para hacerse sombra, vio que era el sol el que le quemaba el rostro tan dolorosamente y comprendió que se había quedado dormido desde las últimas horas de la noche hasta el alba en el lugar donde había imaginado morir; ahora le llegaba la luz ascendente a través del ramaje y lo había despertado. Alzándose a duras penas, aferrado al tronco del árbol, Benjamín atisbo la lejanía con la mirada. Y ante él vio la extensión del mar, infinito en su azul inmenso, tal como lo había visto por primera vez de niño, y a su orilla, resplandeciente de mármol y piedra, Bizancio. El mundo la iluminaba con el brillo y los colores de una mañana meridional. ¡No, Dios no había querido que muriera! Temeroso, el anciano se postró e inclinó la frente en oración.

Terminada la plegaria a Aquél que da la vida y dispone de ella según su voluntad y decisión, Benjamín sintió que alguien lo tocaba suavemente por la espalda. Era Zacarías quien estaba a sus espaldas y, como Benjamín intuyó enseguida, hacía tiempo que esperaba velando su sueño. Y antes incluso de que el anciano dominara su sorpresa —porque ¿cómo supo aquél su camino y cómo encontró su lugar de reposo?—, Zacarías le susurró:

—Te busco desde muy temprano. Cuando en Pera me dijeron que habías subido a las montañas de noche, no he parado hasta encontrarte. Los demás estaban muy preocupados por ti. Pero yo no, pues sé que Dios aún te quiere. Pero ahora baja a mi casa. Tengo un mensaje para ti.

—¿Qué mensaje? —quiso saber Benjamín. Y quiso añadir obstinado: «No quiero más mensajes. Demasiadas veces ya me ha probado Dios». Pero todavía lo arrullaba el consuelo del sueño y en la sonriente mirada del amigo creyó ver un suave reflejo de la bienaventurada luz que brillaba en aquella tierra de paz. No dudó, pues, y bajaron los dos. Cruzaron la bahía en barca y llegaron al cuadrilátero amurallado del palacio. Los centinelas guardaban rigurosamente las puertas del distrito imperial, pero —Benjamín se asombró de nuevo— de buen grado concedieron permiso a Zacarías para entrar.

—Mi taller —explicó— linda con la cámara del tesoro, donde trabajo para el emperador en secreto y a salvo de todo peligro. Entra, y bendita sea tu llegada. No temas a los demás. Estamos y estaremos solos.

Con paso lerdo y cansino, los dos hombres atravesaron el taller, en cuya incierta penumbra despedían una tenue luz objetos artísticamente labrados; en un lugar escondido, el orfebre abrió una pequeña puerta que, por unos peldaños, llevaba a un cuarto trasero: era a la vez vivienda y lugar de trabajo. Las ventanas estaban cerradas y enrejadas, las paredes estaban sumidas en una total oscuridad, sólo una lámpara sobre la mesa proyectaba un pequeño círculo dorado de luz que la pantalla concentraba.

—Siéntate, querido amigo —dijo Zacarías a su invitado—, debes de estar cansado y hambriento.

Despejó la mesa, trajo pan y vino y unos platos de argentería con frutas, dátiles, nueces y almendras. Luego levantó un poco la pantalla de la lámpara. El círculo de luz se ensanchó, inundó toda la mesa e iluminó las huesudas manos de Benjamín, ya envejecidas, que estaban enlazadas, como exhaustas.

—Come, amigo mío —lo animó Zacarías.

Suave y familiar le parecía a Benjamín, el sometido a amarga prueba, esa voz extraña que le llegaba como dulce brisa de un país lejano. De buen grado se sirvió fruta, partió despacio el pan, a pequeños y silenciosos sorbos bebió el vino, que resplandecía purpúreo a la luz de la lámpara. Le complacía poder esperar en silencio y recogerse. Le complacía que, por encima del círculo de luz, comenzara la oscuridad. Le complacía ese hombre desconocido que, sin embargo, le era familiar desde la infancia. Trató algunas veces de mirar, tímida y apocadamente, al que adivinaba sentado en la oscuridad frente a él con ademán de afectuosa preocupación.

Como si hubiera notado este deseo de proximidad más íntima, Zacarías sacó del todo la pantalla de la lámpara. La luz, concentrada hasta entonces sobre la mesa, se dispersó e iluminó toda la pieza. Por primera vez, Benjamín vio de cerca al amigo que hasta entonces sólo había visto fugazmente; el rostro delicado, enfermizo y fatigado que llevaba grabadas innumerables arrugas como si hubieran sido esculpidas con un fino cincel: un rostro de sufrimiento callado y paciencia silenciosa.

Y cuando levantó los párpados y lo miró directamente a los ojos, vio aparecer en sus pupilas un cálido fluir y un brillo: Zacarías le sonreía.

Esta sonrisa alentó al anciano:

—Cuán diferente al de los demás es tu trato. Se enfadaron conmigo porque no obré el milagro, a pesar de que les había advertido de que no esperaran ninguno. Sólo tú, que me abriste el camino al soberano, sólo tú no estás enojado conmigo. Y, sin embargo, tienen razón al hacer escarnio de mí. ¿Por qué infundí esperanzas, por qué vine? ¿Para qué vivo todavía? ¿Para ver que el candelabro sigue errante y nos evita?

Mas Zacarías seguía sonriéndole, y de esta blanda y persistente sonrisa emanaba consuelo:

—No te irrites. Quizás era demasiado pronto y nuestro camino el equivocado. Pues, ¿de qué nos va a servir el candelabro, mientras el Templo sigue siendo un montón de escombros y el pueblo yerra por tierras extrañas? Quizá Dios quiere que el destino del candelabro siga siendo un secreto y no se revele al pueblo.

Benjamín se sintió confortado. Las palabras infundían calor a su corazón. Inclinó la cabeza y habló como para sí mismo:

—Perdona mi desaliento. Pero mi vida se ha reducido y ya estoy demasiado cerca de la muerte. He subsistido ochenta y ocho años y el corazón no quiere esperar más. Desde que quise salvar el candelabro, cuando niño, sólo he vivido para una cosa: para ver su salvación y su retorno, y año tras año he esperado fiel y paciente. Ahora soy un anciano, ¿cómo podría seguir esperando y confiando?

—No tienes que esperar más. Pronto se habrá cumplido todo.

Benjamín lo miró sorprendido. La esperanza infundió más vigor a los latidos de su corazón.

La sonrisa de Zacarías se acentuó de nuevo:

—¿No comprendes que he venido a traerte un mensaje?

—¿Qué mensaje?

—El mensaje que esperabas.

Benjamín se estremeció de pies a cabeza. De repente sus manos, que todavía cansadas reposaban sobre la mesa, empezaron a temblar como hojas al viento.

—Quieres decir… quieres decir que podré volver a ver al emperador para…

—No, no es eso. Lo que dice una vez, nunca lo retira. No va a devolver la menorá.

—¿Para qué sigo aquí, pues, para qué sigo vivo? ¿Para qué esperar aquí y lamentarme, siendo una carga para todos, mientras el sagrado símbolo se aleja y se pierde para siempre?

Pero Zacarías seguía sonriendo y, con una intensidad creciente, la sonrisa iluminaba sus ojos y su boca:

—El candelabro aún no se ha ido de nuestro lado.

—¿Cómo lo sabes? ¿Cómo puedes decir eso?

—Lo sé. Confía en mí.

—¿Lo has visto?

—Lo he visto. Hace dos horas todavía estaba encerrado en la cámara del tesoro.

—Pero ¿y ahora? ¿Se lo han llevado?

—Todavía no. Todavía no.

—Así pues, ¿dónde está ahora?

Zacarías no respondió de inmediato. Dos veces temblaron sus labios ya abiertos, sin que los atravesara la palabra. Finalmente, se inclinó más sobre la mesa y, como revelando un secreto, dijo con voz apagada:

—Aquí. Conmigo. Con nosotros.

Benjamín se sobresaltó, como si le hubieran golpeado en el corazón.

—¿Contigo?

—Aquí, en mi casa.

—¿En tu casa?

—En esta casa. En este aposento. Por eso te estaba buscando.

Benjamín temblaba. En la calma de aquel hombre había algo que lo aturdía. Maquinalmente, sus manos se habían juntado, y casi de modo imperceptible susurró:

—¿Contigo? ¿Cómo puede ser?

—Por extraño que te parezca, no es ningún milagro. Desde hace treinta años trabajo de orfebre aquí en palacio y el tesoro no alberga pieza alguna que no hayan mandado antes a mi taller para que la pese y aquilate. También esta vez, lo sé, me harán llegar todo lo que Belisario ha requisado a los vándalos, para que yo calcule su peso y su valor, y como primera pieza pedí que me trajeran el candelabro. Ayer lo trajeron los criados del tesoro: me permiten guardarlo siete días.

—¿Y luego?

—Luego lo embarcarán.

Benjamín palideció de nuevo. ¿Para qué lo han llamado, pues? ¿Para que una y otra vez fuera testigo de cómo el sagrado candelabro, estando tan cerca, volvía a serle arrebatado?

Zacarías le sonrió con malicia:

—Pero también me está permitido hacer copias de todos los objetos valiosos de la cámara del emperador. A menudo, cuando el tesoro contiene un solo ejemplar de una obra, me piden que haga otra igual, pues confían en mi habilidad. Forjé para Justiniano una corona tomando por modelo la de Constantino, y para Teodora una diadema idéntica a otra que llevara Cleopatra. Y ahora he pedido permiso para hacer una copia del candelabro antes de que lo envíen a la nueva iglesia al otro lado del mar. Y hoy mismo empiezo a trabajar. Ya se están calentando los crisoles, ya tengo el oro preparado. En siete días habré terminado un nuevo candelabro, tan completamente idéntico al nuestro, que nadie los podrá distinguir, porque serán exactamente iguales en peso, en forma y hasta en adornos, e igual será el grano de oro. Sólo que uno será sagrado y el otro, fruto de la labor del hombre. Pero cuál de los dos es el sagrado y cuál el otro, cuál el que nosotros conservaremos piadosamente y cuál les entregaremos para el viaje al extranjero, esto será a partir de ahora el secreto de sólo dos hombres: tuyo y mío.

Benjamín dejó de sentir el temblor de sus labios. La ola de sangre circuló de pronto cálida y suave por todo su cuerpo, el pecho se ensanchó, los ojos se iluminaron y la sonrisa del otro empezó a dibujarse como un reflejo en su viejo y arrugado rostro. Comprendió. Lo que un día él mismo había intentado, lo conseguía ahora Zacarías: arrebataba el candelabro a los otros, devolviéndoles uno igual en peso y en oro y salvando el que era sagrado. Pero no envidiaba al orfebre por este logro, que hasta entonces había sido el objetivo de su vida. Se limitó a decir humildemente:

—¡Alabado sea Dios! Ahora puedo morir feliz. Tú encontraste el camino que yo había buscado en vano. A mí, Dios sólo me llamó. A ti, te ha bendecido.

Pero Zacarías replicó:

—No. Si uno ha de devolver el candelabro a la patria, ése serás tú.

—Yo no. Yo soy viejo. Puedo morir en el camino y nuestro tesoro de nuevo caería en manos extrañas.

Zacarías sonrió y dijo firme y decidido:

—No morirás. Bien sabes que tu vida no llegará a su fin hasta que veas cumplido su sentido.

Benjamín recordó: ayer deseaba morir y Dios le negó este deseo. Quizás era cierto que aún debía cumplir una misión. Y, así, no se resistió más y dijo:

—No tengo voluntad contra Su voluntad. Si Dios verdaderamente me ha elegido, ¿cómo puedo rehusar? ¡Ve y empieza!

Durante siete días permaneció cerrado a todo el mundo el taller de Zacarías el orfebre. Durante siete días sus pies no pisaron la calle y no se abrió su casa a ningún golpe de aldaba. Ante él tenía, en un pedestal elevado, el candelabro eterno, en magnífico reposo, como había estado un día ante el altar del Señor. Mientras tanto, en la hornaza el fuego palpitaba con lenguas silenciosas y derretía el oro arrancado de anillos, brazaletes y monedas. En estos siete días, Benjamín no dijo una sola palabra. Observaba cómo la efervescente masa se agitaba ígnea en el crisol y cómo, una vez vertida, fluía obediente en los moldes preparados, se endurecía y se enfriaba. Luego, cuando Zacarías rompió la envoltura con cuidadosos golpes de espátula, ya se reconocía más o menos la forma del nuevo candelabro. Fuerte y empinado se elevaba el tronco del soporte de la base, de él salían los siete brazos como vástagos de un árbol, en ellos tomaban forma definida los cálices destinados a sostener las velas, y en las superficies todavía lisas la mano incansable del orfebre iba dibujando con martillo y lima, cada vez más finamente, los mismos e idénticos adornos de flores y hojas que engalanaban el original. De un día a otro, el candelabro en proceso de fabricación se iba pareciendo cada vez más al milenario, la nueva creación al modelo sagrado. Y al séptimo día, el último, los dos objetos estaban uno frente a otro como hermanos mellizos, sin que pudieran distinguirse entre sí gracias al exacto parecido en tamaño y color, en medida y peso. Zacarías, sin embargo, no cesaba de compararlos con mirada experta y constantemente entallaba y repujaba con el buril más fino y la lima más afilada su obra más querida. Finalmente, dejó caer la mano. Ya no se percibía ninguna diferencia entre los dos candelabros, y eran tan fielmente parecidos, que, para no equivocarse, Zacarías tomó por última vez el buril y grabó una diminuta señal en el pistilo interior de una flor, para recordar que éste era el candelabro nuevo, su obra, y no el del pueblo y del Templo.

Una vez terminado, retrocedió, se quitó el delantal de cuero y se lavó las manos. Después de siete días de trabajo, volvió a hablar a Benjamín por primera vez:

—Yo he terminado mi labor. Ahora empieza la tuya. Coge nuestro candelabro y haz con él lo que juzgues mejor.

Pero, ante su sorpresa, Benjamín lo rechazó:

—Siete días has trabajado y durante siete días yo he meditado y consultado mi corazón. Me asalta el temor de si no es un engaño lo que hacemos. Pues, una cosa tomaste y otra devuelves a quienes gustosamente te la confiaron. No, no es justo que devolvamos el falso y nos quedemos con el auténtico, que obtengamos con tretas y mañas lo que no nos han dado abiertamente. Dios no ama la violencia y, cuando yo, de niño, cogí con la mano el sagrado objeto, me rompió el brazo. Pero también sé que Dios no desprecia menos el engaño y que quien engaña y falsea, a ése le lacera el alma.

Zacarías reflexionó:

—Pero ¿y si el mismo tesorero escoge el falso entre los dos?

Benjamín levantó los ojos:

—El tesorero sabe que uno es antiguo y el otro es nuevo y, si pregunta por el auténtico y verdadero, tenemos que decirle la verdad. Pero, si Dios dispone que él no pregunte y que le sea indiferente tanto el uno como el otro, porque son iguales en peso y en oro, creo que entonces no haríamos nada malo. Si él mismo decide y elige el tuyo, una señal nos habrá sido dada. Pero, que no sea nuestra la decisión.

Y, así, Zacarías, envió al criado a casa del tesorero.

Y acudió el tesorero, un hombre corpulento y de trato agradable, de pequeños ojos redondos que miraban penetrantes y expertos entre sonrosadas mejillas. Ya en el vestíbulo, tocó con aire de perito dos bandejas de plata repujada recién terminadas, las golpeó cuidadosamente con los dedos y examinó los dibujos de adorno. Curioso, levantó hacia la luz una tras otra las piedras talladas de la mesa de trabajo. Tan juguetón e interesado examinaba las obras del orfebre pieza por pieza, tanto las acabadas como las que todavía estaban en proceso, que finalmente Zacarías tuvo que recordarle que inspeccionara los candelabros de oro, colocados juntos sobre la mesa de exposición: el milenario y el recién terminado, el original y la copia.

Vivamente interesado, el tesorero se acercó a la pareja de candelabros. Se notaba que despertaba su pasión de experto poder descubrir, por un mínimo defecto o una diferencia oculta, cuál era el recién hecho y cuál el procedente del saqueo. Con sumo cuidado los volvía a derecha e izquierda uno tras otro, para que la luz incidiera en ellos desde todos los ángulos. Comprobó su peso y rasguñó su oro; alejándose y acercándose una y otra vez, comparó una y mil veces con interés creciente su impecable simetría. Finalmente, inclinó la cabeza para acercar lo más posible el ojo y, con la ayuda de una lente de aumento, examinar las finas muescas y rasgaduras. Pero no encontró ninguna diferencia. Cansado, se dejó de inútiles comparaciones y dio unas palmaditas a la espalda de Zacarías:

—Eres un maestro consumado, Zacarías, y un tesoro para nuestro tesoro. Ni en una eternidad podría alguien distinguir cuál es el viejo y cuál el nuevo, tan certera es tu mano. ¡Excelente, mi querido amigo!

Y ya se alejaba, fingiendo desinterés, para examinar de nuevo las piedras talladas y escoger una para sí mismo. Zacarías tuvo que recordarle:

—¿Qué candelabro deseáis, pues?

Indiferente y casi vuelto de espaldas, contestó el tesorero:

—El que tú quieras. Lo mismo me da.

Entonces salió Benjamín de la sombra en que, temeroso y conmovido, se había ocultado:

—Señor, te pedimos que elijas tú mismo uno de los dos.

El tesorero miró con sorpresa al desconocido anciano. ¿Qué quería ese hombre extravagante y por qué lo miraba suplicante con aquellos ojos tan ardientes y agitados? Pero, bonachón como era, y demasiado cortés para no conceder un deseo a un anciano, dio otra vez media vuelta. De buen humor, tomó una moneda pequeña y la lanzó al aire. Cayó y rodó por el suelo rodando como una peonza; dio tres vueltas sobre su eje y luego se quedó quieta a la izquierda del tesorero. Sonriendo, éste señaló el candelabro que se encontraba igualmente a su izquierda:

—Será éste, pues.

Luego se retiró y los criados fueron llamados para que se llevaran a la cámara del tesoro el candelabro elegido. Agradecido y atento, el orfebre acompañó a su protector hasta el umbral de su aposento.

Benjamín se había quedado atrás. Con mano temblorosa tocó el candelabro. Era el auténtico, el sagrado, y el tesorero había elegido el otro para el emperador.

Cuando Zacarías regresó, vio a Benjamín todavía inmóvil ante el candelabro y contemplándolo con tanto fervor como si quisiera absorberlo dentro de sí con su mirada. Cuando, finalmente, el anciano se volvió hacia él, el reflejo dorado parecía brillar todavía en sus pupilas: el sometido a amarga prueba sentía su corazón imbuido de la serenidad que da siempre una decisión ya tomada. Se limitó a decir en voz baja:

—Dios te lo pague, hermano. Y ahora una cosa más te pido: consígueme un ataúd.

—¿Un ataúd?

—No te sorprendas. Durante estos siete días y noches también he dado vueltas y más vueltas en mi cabeza sobre cómo transportar el candelabro a su morada de paz. Como tú, pensé primero: si salvamos la menorá, será del pueblo, que la guardará como sacratísima prenda. Pero, ¿dónde está nuestro pueblo y dónde su morada? Seguimos siendo perseguidos y tolerados por doquier, en ninguna parte tenemos un lugar seguro para guardar dignamente el candelabro. Donde tenemos casa, nos echan; si edificamos un templo, lo destruyen; mientras siga imperando la fuerza sobre los pueblos, lo sagrado no tendrá paz sobre la Tierra. Sólo debajo de ella hay paz. Allí los muertos descansan horizontalmente de su vida peregrina, allí el oro no tienta a ningún ladrón ni excita la codicia. Que descanse allí en paz el que regresa de mil años de peregrinaje.

—¿Acaso pretendes enterrar el candelabro para siempre? —preguntó Zacarías sorprendido.

—¿Cuándo le ha sido dado al hombre imaginarse siquiera la eternidad? ¿Cómo podría fijar un término a una cosa, yo que no conozco ni el mío? Quiero llevar el candelabro a un lugar de descanso, pero ¿quién sino sólo Dios sabe cuánto tiempo descansará? Yo puedo hacerlo, pero ¿cómo puedo calcular lo que pasará después, medir el tiempo y la eternidad? Dios y sólo Dios decidirá el destino del candelabro. Lo enterraré, no conozco otro medio de protegerlo, pero ¿quién puede decir para cuánto tiempo? Quizá Dios lo deje eternamente en la oscuridad y nuestro pueblo siga peregrinando desconsolado, disperso y vencido, sobre la faz de la Tierra. Pero quizás —y mi corazón se llena de esperanza—, quizá quiera Su voluntad que nuestro pueblo regrese a la patria. Entonces elegirá a alguien —¡ten la seguridad!— que tomará la pala y por casualidad encontrará el candelabro enterrado, tal como Dios me ha encontrado a mí para que lo escondiese cuando todavía no reposaba. No te inquietes por la decisión, déjasela a Él y al tiempo. Que se dé por perdido el candelabro, puesto que nosotros, que somos el secreto de Dios, no estamos perdidos. Pues el oro no perece en el seno de la tierra como el cuerpo mortal, ni perece nuestro pueblo en la oscuridad de los tiempos. ¡Uno y otro perdurarán, el pueblo y el candelabro! Confiemos, pues, que un día resucitará el que enterramos y de nuevo iluminará al pueblo de regreso a la patria. Pues, sólo si no dejamos de creer, resistiremos al mundo.

Ambos apartaron la vista y miraron a lo lejos. Luego repitió Benjamín:

—Y ahora procúrame el ataúd.

El carpintero trajo el ataúd. Era de tipo normal y corriente. Así lo había pedido Benjamín para que no llamase demasiado la atención cuando se lo llevara a su tierra patria. Pues con frecuencia el piadoso pueblo llevaba consigo ataúdes en sus peregrinajes para enterrar a padres y parientes en Tierra Santa. En uno de estos ataúdes de abeto se podía ocultar sin peligro el candelabro, pues de todas las cosas del mundo sólo lo que está muerto escapa a la codicia de los hombres.

Con gran respeto, los dos hombres depositaron la menorá en el féretro. Envolvieron cuidadosamente sus siete brazos de oro con paños de seda y gruesos brocados, tal como se cubre la torá, hija de Dios, y rellenaron los espacios vacíos con estopa y lana blanda, para que, durante el transporte, el metal no golpeara contra la madera y el ruido revelara el secreto. Despacio y con mano temblorosa colocaron así la menorá dentro del ataúd, la cuna de los muertos, y ambos sabían, y se estremecieron, que, si Dios en su gracia no cambiaba el destino del pueblo, quizás ellos dos serían para toda la eternidad los últimos en tocar con sus manos y contemplar respetuosos el candelabro de Moisés, el sagrado candelabro del Templo. Mas, antes de cerrar el ataúd, fueron todavía a buscar un pergamino resistente y en él escribieron y dieron fe de que ellos, Benjamín Marnefesh, llamado el sometido a amarga prueba, y Zacarías, del linaje de Hillel, en el octavo año del reinado de Justiniano en Bizancio, habían depositado por propia mano la sagrada menorá en este ataúd, para testificar, en el caso de que alguien desenterrara este candelabro en Tierra Santa, que era el auténtico candelabro del pueblo. Metieron el rollo de pergamino en una cápsula de plomo y Zacarías, el orfebre, la soldó con sumo esmero para que ni la humedad ni el moho destruyeran jamás la escritura;

luego la ató con una cadena de oro al tronco del candelabro, de modo que quien encontrara el candelabro a la vez encontrara el documento. Hecho esto, cerraron el ataúd con clavos y abrazaderas. No intercambiaron una sola palabra hasta que los criados le llevaron el ataúd a Benjamín y lo subieron a bordo del barco que zarpaba con rumbo hacia Yafo. Sólo allí —la vela desplegada chasqueaba con el viento— Zacarías se despidió del amigo y lo besó:

—Dios te bendiga y te proteja, Él guíe tu camino y corone con éxito tu misión. Hasta este momento nosotros dos éramos los últimos y los únicos que conocíamos el camino del candelabro. A partir de ahora, lo conocerás tú solo.

Benjamín se inclinó devotamente:

—Tampoco a mí me ha sido dado conocerlo ya por mucho tiempo. Después sólo Dios sabrá donde descansa la menorá.

Como siempre que un barco tomaba puerto en Yafo, una gran multitud de curiosos se congregó en la playa para ver y saludar de cerca a los que desembarcaban. Entre ellos había también algunos judíos, y, apenas vieron a aquel anciano de barba blanca, reconocieron que era uno de los suyos y, cuando vieron que los ganapanes bajaban tras él un ataúd, se juntaron y, en un acuerdo tácito, siguieron el ataúd en solemne comitiva. Pues para la fe judía era una obra de caridad, grata a Dios, acompañar a cualquier muerto en una parte de su último viaje y ayudar a dar piadosa sepultura incluso a un extraño o desconocido. Ningún judío de Yafo, tan pronto como supieron la noticia del ataúd que uno de ellos había traído por mar, rehuyó el sagrado deber. Abandonando trabajos y quehaceres, salieron de todas las calles y casas para agruparse en silencio, y, así, un creciente cortejo acompañó el féretro hasta la posada donde Benjamín buscaba alojamiento para pasar la noche. Sólo allí, una vez colocado el ataúd junto a su lecho —pues, por extraño que pareciese, fue lo que solicitó el anciano—, rompieron el silencio. Saludaron al hermano en la fe con el signo de la bendición y le preguntaron de dónde venía y adonde lo dirigían sus pasos. Benjamín contestó con parquedad. Temía que de Bizancio hubiera llegado ya la noticia y alguien lo reconociera. Y no quería fomentar de nuevo arrebatadas esperanzas entre sus hermanos. Pero también quería evitar faltar a toda verdad a la sombra del candelabro y les pidió permiso para guardar silencio. Dijo que tenía la misión de enterrar aquel ataúd y que no le estaba permitido decir más. Evitó diligentemente otras preguntas de los curiosos inquiriendo a su vez dónde se hallaba en aquella ciudad el santo lugar para sepultar el ataúd. Los judíos de Yafo sonrieron con apacible orgullo: todos los lugares de aquella tierra eran santos y por doquier el suelo era por sí mismo bendito. Pero luego le nombraron y señalaron todos los lugares en que descansaban en sus cuevas o en el suelo llano, marcados tan sólo por piedras amontonadas y toscas, o en sus tumbas, los antepasados, los patriarcas, las madres de las tribus, los héroes y los reyes del pueblo, y ponderaron la fuerza que ejercían esos santos lugares. Ningún hombre piadoso dejaba de visitarlos para encontrar consuelo en ellos. Serviciales— pues algo en el anciano infundía respeto y sus almas presentían un secreto—, se ofrecieron a conducirlo hasta allí y, si él se lo permitía, bajar al muerto desconocido a la paz de la tumba, unidos con él en la oración. Pero Benjamín rechazó su buena disposición en interés del secreto y los despidió con grandes muestras de agradecimiento. Sólo pidió al posadero, a cambio de una buena paga, que a la mañana siguiente pusiera a su disposición un mozo, conocedor del camino y lo bastante fuerte para cavar una tumba en el lugar conveniente, así como una mula para transportar el ataúd. El posadero le prometió que, a la salida del sol, su propio criado estaría preparado y lo acompañaría a donde quisiera.

Esta noche en la posada de Yafo marcó el final de las dolorosas preguntas y del santo tormento en la vida de Benjamín, el sometido a amarga prueba. Una vez más la seguridad abandonó su alma, una vez más la decisión le pesaba como una losa y lo afligía. Una vez más se preguntaba y se repetía a sí mismo si realmente tenía derecho a no revelar al pueblo el rescate y el regreso del candelabro y a ocultar a sus hermanos el sagrado objeto que iba a enterrar en tumba extraña. Pues, si de los restos mortales de los padres y antepasados ya emanaba un consuelo tan grande para los atribulados, ¡cuán dichoso no se sentiría aquel pueblo perseguido, pisoteado y dispersado a los cuatro vientos, si tuviera la menor sospecha de que el eterno candelabro, el símbolo más visible de su unidad, no estaba perdido, sino que se había salvado y esperaba fuera de peligro en tierra patria el día del retorno definitivo! «¿Cómo puedo negarles la esperanza? —gemía insomne— ¿Cómo puedo guardar el secreto sólo para mí? ¿Cómo puedo llevarme a la muerte lo que sería esperanza y alegría para miles? Sé hasta qué punto están sedientos de consuelo: ¡terrible destino el de un pueblo que se ve siempre obligado a esperar el "quizás", a confiar siempre en silencio en un texto escrito y no poder aferrarse nunca a una señal! Y, sin embargo, sólo callándome el candelabro estará a salvo para el pueblo. Señor, ayúdame en mi aflicción: ¿qué es mejor y qué es peor para mis hermanos? ¿Debo mandar de vuelta al mozo prometido por el posadero con la consoladora noticia de que en aquella tumba descansa una prenda sagrada? ¿O debo permanecer mudo para que nadie más que Tú sepa el lugar de su sepultura? ¡Señor, decide por mí! ¡Ya una vez me diste una señal! ¡Dame otra, Señor, libérame de esta carga!».

Pero la noche guardaba silencio y el sueño se negaba hostil al probado anciano. Permaneció despierto, con escozor en los ojos, hasta ver nacer el nuevo día, haciéndose preguntas una tras otra y, con cada pregunta, hundiéndose más y más en la asfixiante red del miedo y la angustia. Y ya se aclaraba el cielo de oriente, pero el alma del anciano seguía aún a oscuras.

Entonces entró en el cuarto el posadero con mirada afligida:

—Perdona, pero no puedo mandar contigo al mozo que conoce el camino, como te prometí ayer. Se ha puesto enfermo de repente durante la noche. Empezó a echar convulsivamente espuma por la boca y ahora yace en su lecho con accesos de fiebre. Sólo puedo ofrecerte al otro mozo. Claro que desconoce el país y además es mudo, Dios le cerró la boca desde el día que nació. Pero, si te contentas con él, con mucho gusto te lo mandaré.

Benjamín no miró al posadero. Sólo levantó, agradecido, los ojos al cielo. Había recibido la respuesta. Un mudo le había sido enviado en señal de silencio. Uno que no conocía el país, a fin de que el lugar de la sepultura permaneciera para siempre en secreto. Su alma ya no vaciló y, agradecido, respondió:

—Mándame al mudo. Y no te preocupes, yo también conozco el camino.

Desde la mañana hasta la noche Benjamín recorrió con su mudo acompañante la despoblada tierra. Detrás, silenciosa y paciente, trotaba la mula con el ataúd atado de través al lomo. A veces pasaban por delante de chozas, pobres y cubiertas de polvo, situadas junto al camino, pero Benjamín no se detuvo a descansar en ninguna. Y, si encontraban caminantes, se limitaba a saludarlos con la señal de la paz y evitaba toda conversación: tenía prisa por terminar la misión encomendada y enterrar el candelabro. Todavía no sabía el lugar, y un temor vago y misterioso le impedía escogerlo por sí mismo. «Por dos veces me ha sido dada una señal —pensó devotamente—. Esperaré la tercera». Y así siguieron caminando por el país, que poco a poco se iba oscureciendo, y la noche se elevaba con negras oscilaciones sobre las colinas. Pesadas nubes velaban el cielo, pasaban agitadas y tapaban la luna que desde hacía rato —se sabía por un tenue vislumbre en las cimas— había alcanzado el cenit. Debía de faltar todavía una hora o dos hasta el próximo lugar que ofrecía albergue. Pero Benjamín se dirigió hacia allí a buen paso y a su lado, como silenciosa sombra, el mudo con la pala al hombro y, detrás de ambos, el trote regular y paciente de la mula.

De pronto, el animal se detuvo y no siguió. El mozo cogió la mula por las riendas e intentó arrastrarlo, pero el cuadrúpedo clavó tercamente las patas delanteras en el suelo y replicó al muchacho, rechinando los dientes irritado. No quería continuar. Encolerizado, el mudo se quitó la pala del hombro para golpear con el mango de madera al tozudo animal en la ijada, pero Benjamín le detuvo el brazo. Le ordenó que esperara y dejara al animal en paz. Quizás este empecinamiento de la mula era una advertencia.

Benjamín miró a su alrededor. El oscuro paisaje aparecía quebrado y desértico, no había cerca casas ni chozas. Debían de haberse desviado de la carretera de Yerushalayim, y Benjamín pensó que era un buen lugar para llevar a cabo el trabajo sin ser vistos. Tanteó la tierra con el bastón: era compacta y firme, y sin piedras. Allí se podía cavar una fosa rápidamente y las colinas circundantes ofrecían protección contra la arena que, llevada por el viento, solía borrar fácilmente las huellas. Ahora ya sólo hacía falta encontrar el lugar indicado. Indeciso, miró largo rato primero a la derecha, luego a la izquierda.

Y entonces divisó a su derecha, a tres o cuatro pedradas de distancia del camino, un árbol umbroso en el vacío paisaje, notablemente parecido en forma y tamaño a aquel otro de la colina de Pera bajo el cual había descansado y había recibido el mensaje con el mandato de poner a salvo el candelabro. Recordó su sueño, y su corazón ya no dudó más. En el acto ordenó al mudo que desatara el ataúd de lomos de la mula y he aquí que, apenas esto fue hecho, el animal aflojó sus patas y tanto se acercó a Benjamín que éste sintió en la mano el aliento cálido de su hocico. Era el lugar indicado, cada vez estaba más seguro de ello, y lo señaló al mozo, que se puso a trabajar con diligencia. La pala golpeaba con un retintín de plata y el mudo removía obediente y vigoroso la muda tierra. Pronto llegó al fondo. Quedaba la última cosa por hacer: bajar a ella el candelabro. El muchacho, que nada sospechaba, levantó el peso poco a poco con sus grandes brazos; el ataúd se deslizó con suavidad en la fosa y finalmente quedó tendido para su sueño eterno, protegiendo la preciosa semilla de oro en su cáscara de madera, que pronto cubriría la corteza de la tierra, eternamente viva, que alienta, florece y germina.

Benjamín se inclinó respetuosamente: «Soy testigo, el último», pensó y se estremeció de nuevo bajo el agobiante peso de esta idea. «Nadie en la Tierra, excepto yo, conoce ahora el secreto de nuestro candelabro. Nadie, excepto yo, sabe dónde está su sepultura ni sospecha dónde se oculta». Pero, en aquel momento, cayó el velo que ocultaba la luna. Las nubes, que desde el anochecer habían retenido su resplandor, se apartaron un poco, la claridad descendió como un potente rayo y era como si un ojo blanco y gigantesco mirase desde el cielo entre oscuros párpados. No era como un ojo humano, sombreado por pestañas, blando y perecedero, sino un ojo redondo y duro como el hielo, eterno e indestructible. Miraba hasta el fondo de la tumba abierta y la iluminaba con sus rayos, de modo que se veían los cuatro bordes bien perfilados de la fosa y la lisura de madera del ataúd brillaba como metal pulido bajo el flujo blanquecino de luz. Fue sólo un instante, una sola mirada desde la inconmensurable lejanía del cielo; después, las nubes volvieron a ocultar la morada del candelabro.

A una señal suya, el mozo cubrió de tierra el agujero y, tan pronto como el trabajo quedó concluido y el suelo aplanado sobre la tumba cerrada, Benjamín ordenó al muchacho que regresara a casa y se llevara consigo la mula ya sin carga. El mudo hizo desesperados gestos con las manos. Quería explicar que el anciano no debía quedarse solo en tierra extraña y en la oscuridad, que corría peligro del encuentro con bandidos y animales salvajes. Quería acompañar al bondadoso anciano por lo menos hasta la próxima posada. Pero el anciano, decidido e impaciente, mandó al mudo que siguiera estrictamente sus órdenes y, viéndolo todavía indeciso, lo echó de allí con palabras de represión. Ardía en deseos de ver desaparecer de una vez hombre y animal tras el recodo del camino y quedarse solo bajo el cielo y su inmenso vacío, y en medio de la gigantesca e insondable noche.

Se acercó de nuevo a la tumba y, con la cabeza inclinada, recitó la oración de los muertos:

—Grande y santo es el nombre de la eternidad en éste y en los otros mundos y también en los días de la resurrección.

Si bien es verdad que, siguiendo la piadosa costumbre, deseaba ardientemente colocar una piedra u otra señal sobre la tierra removida, sin embargo se reprimió por mor del secreto y, sin volverse a mirar, se encaminó hacia el vacío, sin preguntarse adonde. No tenía meta alguna, desde que había dado reposo al candelabro. Lo había abandonado toda ansiedad y su alma ya no tenía miedo. Había hecho lo que se le había mandado. Ahora era cosa de Dios que el candelabro permaneciera oculto hasta el fin de los días y el pueblo siguiera esparcido por el mundo, o que Él finalmente condujera al pueblo a la patria y resucitara el candelabro de su tumba desconocida.

El anciano anduvo a través de la noche, que, oscura, jugaba con las nubes y a ratos resplandecía con las estrellas. A medida que avanzaba, su paso se volvía más y más alegre. La carga y el peso de los muchos años vividos cayeron como por encanto, y sintió algo que desde su interior infundía una ligereza a sus miembros como nunca antes había conocido. Igual que untadas con un aceite suave y cálido, las viejas y decrépitas articulaciones de pronto lo obedecieron; corría como si anduviera sobre las aguas, alado y libre. Caminar era para él como flotar. Levantada la cabeza, levantada también la mano como impulsada por un viento imperceptible —¿o lo soñaba despierto?—, de pronto le pareció que, por primera vez, podía levantar y mover el brazo roto. Sintió que en su interior la sangre fluía más y más clara y, como la savia efervescente en el tronco, subía ahora rumorosa y golpeaba las sienes con agudos latidos; de repente oyó un gran canto. No sabía si eran los muertos bajo tierra que cantaban en un coro fraternal para saludarlo en su regreso a casa, o si este cálido rumor descendía de las estrellas, cada vez más brillantes. No lo sabía. Él sólo andaba y andaba, como llevado por alas invisibles, adentrándose más y más en la susurrante noche.

A la mañana siguiente, unos comerciantes que se dirigían al mercado de Ramleh encontraron a un anciano en un campo no lejos del camino. Estaba muerto. El desconocido yacía de espaldas y con la cabeza descubierta. Tenía los brazos extendidos, como si quisiera abrazar algo infinito; las palmas de sus manos se tendían abiertas y con los dedos separados como las de quien va a recibir un gran regalo. Los ojos brillaban abiertos y claros en el apacible rostro transfigurado del que descansaba en paz. Y, cuando uno de los comerciantes se inclinó para cerrar piadosamente los ojos del difunto, vio que estaban llenos de luz y que, en sus redondas e inmóviles pupilas, se reflejaba el cielo entero.

En cambio, los labios del extranjero estaban estrechamente cerrados bajo su barba: era como si, incluso más allá de su muerte, retuviera un secreto entre sus dientes.

La copia del candelabro fue transportada también a Tierra Santa al cabo de pocas semanas y, por orden de Justiniano, colocada bajo el altar de la iglesia de Yerushalayim. Pero no permaneció allí por mucho tiempo, pues los persas invadieron la ciudad, rompieron y despedazaron el candelabro para convertirlo en brazaletes para sus mujeres y en una cadena para su rey: así como la obra del hombre perece víctima del tiempo que todo lo consume y de la inclinación de los hombres por destruir, así desapareció también este símbolo, creado como imitación por aquel orfebre, y su rastro se perdió para siempre.

Mas, protegido por el secreto, el eterno candelabro sigue esperando en vela, desconocido e intacto, en su tumba patria. Sobre él pasaron imparables los tiempos, pueblos y más pueblos lucharon por su tierra durante cientos de años, generaciones de tierras extrañas, unas tras otras, guerrearon sobre su sueño eterno: pero el saqueo no pudo arrebatarlo ni la codicia destruirlo. Hoy, de tiempo en tiempo, unos pies presurosos pisan la tierra que lo protege, a veces algunos caminantes dormitan, bajo el calor del mediodía, junto al camino, cerca de su último reposo, pero nadie sospecha de su proximidad y ningún curioso hurga en sus entrañas. Como todo secreto de Dios, descansa en la noche de los tiempos y nadie sabe si descansará así eternamente, oculto y perdido para su pueblo, que sigue errando sin paz de un país extranjero a otro, o si, finalmente, alguien lo encontrará el día en que su pueblo vuelva a encontrarse, reconciliado, y él lo ilumine de nuevo en el Templo de la Paz.